中国少年儿童成长经典书系
少儿彩图版

总策划

一生必读经典

世界故事

大 王

汕頭大學出版社

世界儿童基金会 林春富

★ 快乐认知　享受阅读 ★

孩子们到了上小学前后的年龄，开始接触各种各样的知识。这些知识进入他们头脑的方式和过程，会对他们今后的思维模式、审美习惯以及判断能力等方面产生决定性的影响。

家长在这个关键阶段应该把握好培养孩子的绝佳机会。一套优秀的少儿读物能给家长帮上很大的忙，解决很大问题。比如这套"中国少年儿童成长必读书"。翻开书页，你会发现这套书的整体设想既成熟又新颖：内容上涵盖了古今中外的经典故事，还有一本专门介绍世界旅游，让孩子们读故事时更充分理解各地的风土人情；从体例设置上将经典故事和知识点巧妙拆解，独具创意地组合成吸引孩子主动动脑，立体思维的版面样式；针对孩子的注意力难以长时间集中的特点，这套书的每一段内容都设成刚好适合孩子有效阅读的科学长度，在设计上巧妙地将文字与色彩和图形结合，让孩子阅读时始终处于轻松快乐的阅读环境之中。

丰富有趣的知识内容、灵活新颖的学习方式，让孩子们逐渐形成良好的阅读习惯，培养开放式的思维模式，在未来社会的国际化竞争中永远领先！

中国儿童教育研究所 陈勉

★ 全面培养 均衡发展 ★

　　少儿时期相当于一个人"白手起家"的时候，每一分收获都无比宝贵，印象深刻。虽然后来又不断上学系统学习，成年人真正用上的知识其实很多都是少儿时期的"原始积累"。所以这一时期孩子读到的东西，必须是高质量的。

　　这套"中国少年儿童成长必读书"着眼点在于孩子的"成长"，在编撰时较好地照顾了孩子的接受程度。知识虽是好东西，但也非越深越好，过深的内容孩子吸收不了，反而容易产生厌倦或畏惧，知识也会成为死知识，并不能对孩子的心智健康成长有所帮助。适合孩子的才是最好的。

　　这套书是一个全面、完整的综合性系列，共有八本，内容上既囊括了世界地理、旅游等知识，又有塑造孩子健全人格、培养孩子优良品德的中外经典故事。这些内容充分满足了孩子心智发育成长中所需要的各种养分，使孩子能够健康、均衡发展；具体材料的选取上，从古至今，从中到外，选择了丰富多样的题材，从童话到寓言，从神话到游记；让孩子们既能体会人生哲理，又能领略风土人情……这样的少儿读物，值得让孩子认真阅读，收获一定不小。

QIAN YAN 前言

古罗马教育家普鲁塔克曾说过，孩子们的心灵"不是一个需要填满的罐子，而是一颗需要点燃的火种"，我们希望通过一个个神秘、优美、风趣、幽默的故事，点燃他们心灵的火种，让孩子们像蜜蜂一样在书丛中飞舞，感受到阅读的自由和快乐。

这是一本有助于孩子心灵成长的故事集，他们从中可以领略到异彩纷呈的世界文化与风俗。本书分为神话故事、民间故事、节日故事、趣味故事和名人故事五部分。神话故事主要以古希伯来神话和希腊神话为主；民间故事汇集了古代东亚、中亚等地区各民族的传说和寓言；节日故事讲述了圣诞节、母亲节等西方节日的由来和风俗；趣味故事是流传于国外的短小精悍的故事集萃；名人故事主要由民间传说中的著名人物的小故事组成。

本书故事生动活泼，并配以精美的插图，可以让少年儿童在轻松愉快的阅读中培养丰富的情感，得到一个精神栖息的家园。

目录

MULU

第五章　名人故事

1 第一章

神话故事

　　神话总是美丽而神秘的，它是人们通过幻想来征服自然的表现，是原始人类的理想和愿望。神话也是人类童年时期的一种纯朴文学，那些丰富多彩的故事里，充满了奇特的想象，塑造了许多光彩照人的艺术形象。

　　本章主要收录了古希伯来神话、古希腊神话中的精彩篇目，如上帝如何创造天地万物、亚当与夏娃离开伊甸园的故事、诺亚一家乘方舟躲避灾难的故事，还有希腊神话中的英雄普罗米修斯的故事、奥德修斯与独眼巨人的故事等。请读者朋友们通过这些故事走进神话，展开无尽的遐想吧！

上帝创造天地万物

当天地还是一片混沌时，上帝说："要有光。"天地开始发生巨大的变化……

绿绿的树、青青的草和白白的云……这些都是谁造的呢？很久以前，古老的犹太民族就相信，世界上的一切都是由一位全能的神创造出来的，这个主宰一切的神就是上帝耶和华。

很久以前，天地间还是模糊的一团，没有一丝光线，也没有一点声音，又黑又冷。陆地还没有形成，只有广阔无边的海水覆盖着一切。那时没有树木，也没有飞鸟。不

知过了多久，耶和华之灵在海面上漂浮运行着，他说："要有光。"于是，黑暗中出现了第一道曙光，照亮了世界，地球不再黑暗了。耶和华又说："这个就叫白天。"不久，耶和华又要把光挪去。光亮慢慢消退了，黑暗重新降临，耶和华说："这个就叫夜晚。"耶和华创造了白天和黑夜，就休息了，第一天的工作就这样结束了。

当光再次照亮天地时，第二天开始了。耶和华说："要有天。"海面上立即被天空覆盖，空中有了漂浮的云彩，还有风吹过海面。不久，黑夜再次来临，第二天也结束了。

第三天，耶和华说："让大地露出水面。"于是，海洋和大地分开了。群山露出了水面，屹立在天空下，山脚下出现大片的平原和山谷。耶和华又说："土地要肥沃，地上要有能结种子的植物，还要有开花结果的树木。"于是，大地上开满了鲜花，长满了果树，到处变得美丽而又富有生机。当黄昏再次降临时，第三天的劳作就结束了。

第四天开始了，耶和华说："天上还缺少一种发光的天体，用来记录年、月、日和四季。"于是，天上出现了两个光亮的物体：一个是太阳，一个是月亮。耶和华把白天交给大一点的太阳主管，而夜晚是休息的时间，就让宁静的月亮来掌管。接着，耶和华又创造了许许多多的星星，让它们来装点夜晚的天空。

到了第五天，耶和华说："水中要有很多游动的鱼，天上要有飞翔的鸟儿。"这样，他就造出了大大小小的鱼，还有各种各样的飞鸟。耶和华看着自己所创造的这些小生命，非常高兴，他让这些鸟儿飞遍平原山谷，让这些鱼儿遍布江河湖海，尽情地享受生命的乐趣。当太阳再一次下山，夜晚来临时，鸟儿把头埋在翅膀底下，鱼儿游进了深水，第五天就结束了。

第六天，耶和华说："这一切还不够，世界上还应该遍布用腿行走的动物。"于是，他造出了老虎等走兽。

繁茂的花草树木、空中的飞鸟、水中的游鱼、地上的走兽……上帝创造的一切，它们都是那么美好和纯真。整个世界都在歌唱、赞美着上帝。

　　这一切完成以后，耶和华抓起一把泥土，按照自己的样子捏了一个泥像，并且朝着泥像的鼻孔吹了一口气，这个泥像就活了。耶和华把他叫做"人"，对他说："你要生养后代，让你的子孙遍布地面。你们不仅要管理地上的一切，而且水里的鱼儿、天空中的鸟儿都要受你们的管理。"所以人类在所有动物之上，成了万物之灵。

　　结束了第六天的工作之后，耶和华对自己所创造的一切十分满意。第七天，耶和华觉得很累，就决定休息了。他还将这一天当作特别的日子，所以从此以后，一周的第七天——星期日也成为了人类休息的日子，在西方又被称作安息日。

　　就这样，伟大的上帝耶和华从一片混沌之中创造了天地万物。

亚当与夏娃

亚当和夏娃是人类的始祖，先有了亚当，后有了夏娃……

　　亚当是上帝创造出来的第一个人，也是第一个男人。上帝造了亚当之后，让他主宰世间的万物。亚当快乐地生活着，可是没多久他就开始烦躁了。因为在这个开满鲜花的世界上，所有的动物都有伙伴，只有亚当是孤单一个。上帝知道了亚当的烦恼，就趁亚当睡着的时候，从他身体里取下了一根肋骨，造成了另一个人，给她取名叫夏娃。

　　接着，上帝在东方的伊甸为亚当和夏娃建造了一个乐园，这就是象征着"快乐美好，没有烦恼"的伊甸园。园里撒满了金子、珍珠和玛瑙，生长着各种各样的树木，开满了五颜六色的花朵，树上结的果子还可以当作食物。

　　上帝让亚当和夏娃看守

这个乐园，并且吩咐他们说："园中各种树上的果子你们都可以随便吃，但只有那棵树上的果子不能吃，否则你们的灵魂就再也得不到安宁。"上帝一边说，一边给他们指了指旁边的一棵苹果树。亚当和夏娃看了看那棵结满红苹果的树，点了点头。上帝这才放心地走了。

　　伊甸园里常年温暖舒适，亚当和夏娃赤裸着健美的身体，手拉着手在乐园里悠闲地散步。有一天，地狱里的魔鬼首领撒旦变成了一条蛇，偷偷来到了伊甸园。在蛇的百般引诱下，夏娃伸手摘了那棵苹果树上的果子，吃了下去。然后，她又摘了一个给亚当，亚当也吃了。两人吃了果子，眼睛变亮了，头脑也变得清晰起来。

　　一天，上帝来到了伊甸园。亚当和夏娃听见他的脚步声，连忙躲了起来。上帝急切地呼唤着他们，亚当只好走了出来，对上帝说："我听见您的声音很害怕，因为我赤身裸体，不敢见您，只好藏起来。"

　　上帝愤怒地问道："谁告诉你赤身裸体是羞耻的呢？难道你吃了智慧树上的果子吗？"亚当只好承认他吃了夏娃给他的果子，夏娃跟着说："是蛇引诱我吃的。"

　　上帝还不知道，那蛇是魔鬼撒旦变的。魔鬼撒旦原先是天上地位最高的天使，后来他率领三分之一的天使叛变，结果失败了，被上帝打入地狱，成了恶魔。撒旦一直想要推翻上帝，所以，他引诱夏娃去吃智慧树上的果子。

　　上帝气愤地说："从今以后让蛇用肚子走路。"于是，蛇的腿被砍去了，只剩下光滑的肚皮。它还要终生与女人为敌，见到女人就咬她们的脚后跟，从此以后女人便开始怕蛇。上帝又对夏娃说："我要增加你怀胎生育的痛苦，你还要永远服从你的丈夫。"

　　最后，上帝对亚当说："从今以后你必须要辛苦地耕作，汗流浃背，才能种出粮食。"

　　就这样，上帝把亚当和夏娃赶出了伊甸园。上帝又在伊甸园的入口插了一把七刃剑，并变换了通往伊甸园的路，从此再也没有人能找到那里。

诺亚方舟

上帝要用洪水毁灭世界，他让诺亚一家乘方舟避难……

　　亚当和夏娃由于偷吃禁果，被逐出伊甸园。他们离开伊甸园之后，生育了无数的后代子孙。人类越来越多，遍布了整个大地。但是慢慢地，人类开始相互厮杀，争斗的事情也越来越多，人世间充满着暴力、罪恶、仇恨和嫉妒。

　　诺亚是亚当的一个后代，他是一个正直、守本分的人。诺亚有三个儿子：闪、含和雅弗。诺亚和三个儿子常常劝周围的人们摆脱充满罪恶的生活，但人们不听劝告。

　　上帝看到了这一切，感到非常愤怒和痛心，他决定用洪水毁灭这个已经败坏的世界，只留下有限的生灵。

上帝决定只放过诺亚一家，让诺亚夫妇、三个儿子和他们的妻子逃生，作为新一代人类的始祖。于是，上帝对诺亚说："你们一家要造一艘方舟，分成上、中、下三层，并且在顶上留出透光的窗户，用柏木做船架，覆盖上芦苇，再在里外两面涂上树脂。我要使洪水泛滥

全世界，消灭天下所有活着的人，还有地上的万物。但你要带着你的妻子、儿子、儿媳们一起进入方舟。你把各种走兽、飞鸟和爬虫，每种带上七公七母，在船上喂养好，将来好让它们在大地上重新繁衍。"

诺亚一家立即按照上帝的吩咐开始建造方舟。邻居们看到他们在造船，不但不帮忙，还都嘲笑他们说："附近千里之内都没有江河大海，造船干什么？太荒唐了！"

不过，诺亚可不管这些，他们一家人日夜不停地劳作，花了整整120年时间，终于造好了巨大的方舟。接着，诺亚一家人又开始搜罗所有能找到的飞禽、走兽。一个星期

之后，方舟里充满了动物的喧闹声。

诺亚六百岁生日那天，一家八口登上了方舟，收起跳板，关上舱门。到了夜里，果然下起了大雨，海底裂开了，巨大的水柱从地下喷射而出。大雨日夜不停地下了整整四十天，地面上的水迅速上涨，连最高的山峰都被淹在水面之下。大地上的生命都死了，一切有气息的生物，所有生活在陆地上的东西，全都被淹没了，只有方舟里的人和动物安然无恙。

洪水一共泛滥了一百五十天。上帝惦记着方舟里的生灵，就叫雨停住，大水开始渐渐往下落。但是水退得很慢，雨停了一百多天，陆地还没有显露出来。

过了些天，诺亚从舟上放出一只鸽子。傍晚时分，鸽子回来了，嘴里衔着一片刚啄下的橄榄叶。诺亚知道地面上的水退得差不多了。但他又多等了七天，然后放那只鸽子出去。这回鸽子再也没有回来。在诺亚六百零一岁那年的正月初一，陆地上的水终于都退了。诺亚打开舱口盖，从方舟上向外探望，地面已经完全干了。

于是，诺亚带着一家人走出方舟，把动物也都放了出来。他们筑起一座祭坛，用洁净的动物做成祭品献给上帝，感谢上帝的恩惠。上帝闻到祭品的香味，在心里说："我不会再因为人类的罪过而毁灭世上的生灵了，让大地上的一切都永远存在下去吧。"随后，上帝对诺亚说："你们要多多生育后代，让他们布满地面。如果谁敢伤害你们，无论是兽还是人，我都要治他的罪。"上帝还在天上挂起了七色的彩虹，作为与人类约定不会再毁灭世界的标记。

普罗米修斯的故事

普罗米修斯为了人类甘愿与宙斯抗争，他成为人类心目中的英雄……

在古老的希腊神话中有这样一个故事。

天和地刚刚创造出来的时候，鸟儿在空中飞翔歌唱，鱼儿在水里欢快嬉戏，大地上动物成群结队，到处一片生机。不过还没有一种能够主宰世界的高级生灵。这时，普罗米修斯降临到了大地上，他是被宙斯放逐的古老的神族的后代。普罗米修斯非常聪慧，他知道神灵将生命的种子藏在了泥土中，于是他用河水把土和成泥，捏成天神的模样。接着，他从动物的灵魂中提取了善与恶，将它们封进泥人的心里。智慧女神雅典娜看到这些泥人，感到很惊奇，就朝着泥人吹了一口气，使它们获得了灵性。就这样，第一批人类被创造出来了，而且不久他们就遍布了整个大地。

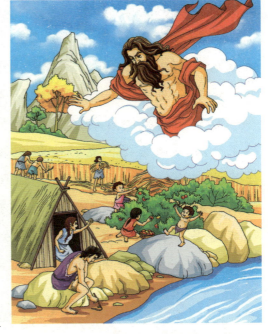

但是，一开始人类整天漫无目的地走来走去，却不知道怎样使用自己的四肢和灵魂。他们不知道采石、烧砖、砍伐林木，然后再用这些材料建造房屋。他们就像蚂蚁一样，住在没有阳光的土洞里，看不到春去冬来。

于是，普罗米修斯教会人类观察日月星辰的升起和降落，教他们认识数字和文字，教会他们调制药剂来防治各种疾病，还教会了人们耕地的技艺，使他们有足够的粮食，生活得更舒适。

众神之王宙斯注意到了人类，他召集众神开了个会，要求人类对神绝对服从。普罗米修斯想戏弄一下众神，便代表人类宰了一头大公牛，把牛切成碎块分成两堆，用牛皮包起来，一堆里面全是肉，看起来比较小；另一堆包的全是牛骨头，却比另一堆大得多。普罗米修斯请众神从中挑选一堆，结果宙斯挑了大的那堆，打开一看才知道自己

上了当，顿时非常愤怒。

宙斯为了报复普罗米修斯，不肯向人类提供生活必需的最后一样东西——火。但是普罗米修斯却悄悄走近太阳车，偷了一点火种回到大地上，点燃了第一堆木柴。

宙斯见到人间升起了火焰，气得大发雷霆。很快，他又想了个办法来惩罚人类。他命令火神造了一尊美女的石像，让雅典娜为她精心地打扮好，让众神的使者赫耳墨斯教她说话，让爱神阿佛洛狄忒赋予她无穷的魅力。最后，宙斯为她取名潘多拉，意思是"具有一切天赋的女人"。宙斯把这个美丽的女人当作礼物，送给了普罗米修斯的弟弟埃庇米修斯。潘多拉手上捧着一只紧闭的大盒子，走到埃庇米修斯的面前，突然打开了盒盖。顿时，盒子里各种各样的灾难像黑烟一样涌了出来，扩散到了大地上。潘多拉吓得赶紧把盖子关上，结果最后一件东西——"希望"被永远关在了盒子里。从此以后，疾病和灾祸遍布人间，夺去了许多人的生命。

　　接着，宙斯派火神把普罗米修斯抓了起来，用铁链把他锁在高加索山陡峭的悬崖上。普罗米修斯被吊在那里，永远不能入睡，还要忍受着饥渴、炎热、寒冷和风吹雨淋。宙斯还派他的神鹰每天去啄食普罗米修斯的肝脏，但被吃掉的肝脏马上又会长出来。就这样，日复一日，年复一年，普罗米修斯忍受着永无止境的痛苦和折磨，不过他从来没有为帮助人类而感到后悔。

　　三十年后，大力士赫拉克勒斯为了寻找金苹果来到了高加索山崖下。他看到一只巨大的老鹰飞来，正要啄食普罗米修斯的肝脏，就立即弯弓搭箭，一箭射死了神鹰。然后他打开铁链，把普罗米修斯解救下来，带他离开了山崖。但为了满足宙斯的条件，赫拉克勒斯把半人半马的喀戎作为替身留在悬崖上。喀戎可以要求永生，但为了解救普罗米修斯，他甘愿被缚在悬崖上。普罗米修斯永远都戴着一只铁环，环上镶着一块高加索山上的石子，这样就可以不违背宙斯的判决了，宙斯可以自豪地说他的仇敌仍然被锁在高加索山的崖石上。

美女海伦

帕里斯王子爱上了美丽的斯巴达王后海伦，并把她劫回特洛伊城……

帕里斯是特洛伊国王普里阿摩斯的儿子，他是个美男子。一天，神的使者赫耳墨斯和奥林匹斯圣山上的三位女神——宙斯的妻子赫拉、智慧女神雅典娜和爱神阿佛洛狄忒，来到帕里斯王子的面前。赫耳墨斯对帕里斯说："这三位女神想请你评一评她们之中谁最漂亮。"帕里斯抬起头看着面前的三位女神，觉得她们都那么美丽高贵，实在分不出哪个更漂亮些。最后，他把写着"送给最美的人"的金苹果送给了爱神。因为爱神答应帕里斯，要让人间最漂亮的女子做他的妻子。

在许多年以前，帕里斯的姑姑被克

拉克勒斯（宙斯与凡间女子生的儿子）抢走了。国王普里阿摩斯十分怀念远方的姐姐，帕里斯就主动请求父王让他率领一支舰队到希腊去，从敌人手中夺回姑姑。于是帕里斯带领庞大的舰队，朝着希腊的锡西拉岛驶去。

这时，斯巴达国王墨涅拉俄斯的妻子海伦也正好来到了锡西拉岛。海伦是宙斯的女儿，她是人间最漂亮的女子。帕里斯看到美丽端庄的海伦，一下子惊呆了。他顿时明白，这就是爱神赠给他的美女。海伦也在打量着这位俊美的王子。只见他留着一头长发，身材高大魁梧，这些都深深地打动了海伦的心。

后来，帕里斯追随海伦去了斯巴达，正赶上斯巴达国王墨涅拉俄斯外出访问了。帕里斯趁机劫走了美丽的海伦，还把斯巴达国王的财富抢劫一空。

帕里斯将船队开到了克拉纳岛，和海伦在岛上举行了隆重的婚礼，两人沉浸在新婚的快乐中。他们在岛上过了好几年奢侈的生活，才起航回到特洛伊。

特洛伊大战

特洛伊王子劫走海伦，激怒了希腊人，一场耗时十年的战争开始了……

　　海伦被劫走的消息被斯巴达国王墨涅拉俄斯知道了，他火冒三丈，立刻向迈锡尼国王阿伽门农求助。阿伽门农联合了希腊的众多国家，组成了一支希腊联军，浩浩荡荡地攻向特洛伊城。特洛伊国王也立即调集军队，准备全力迎战希腊人。

　　激烈的战斗开始了。希腊联军中有一位叫阿喀琉斯的王子加入战斗后，他的攻击像旋风一样猛烈，特洛伊人抵挡不住。最后，他们只好退回了城里，紧闭城门。特洛伊城的城墙非常坚固，希腊人一连围攻了九年，特洛伊城也没有受到丝毫损伤。

　　后来，希腊联军中的奥德修

斯想出一条妙计，他们建造了一个巨大的木马。希腊的英雄们一个一个地挤进马肚子里，从里面关上了木门。其余的希腊士兵则烧掉了帐篷，乘船离开了特洛伊海岸。

特洛伊人看到希腊联军离去了，还丢下了一座巨大的木马。于是，他们在城墙上开了一个大洞，用粗绳子把木马拖进了城。

这天夜里，特洛伊人为得到这样一件伟大的"战利品"而举行了盛大的宴会。

半夜时分，特洛伊人都喝得醉醺醺的，完全解除了戒备。这时，木马肚子里的希腊英雄们悄悄拉开暗门，走了出来。他们拔出剑杀向醉倒和昏睡的特洛伊人。

躲在附近小岛上的希腊军队看到信号，立即起航驶回来，从城墙的大洞杀进城里。结果，特洛伊城在大火和屠杀中彻底毁灭了。

奥德修斯与独眼巨人

奥德修斯遇到了粗暴的巨人，凭着过人的智慧，他死里逃生……

特洛伊战争结束了，希腊的英雄们都先后返回了家乡。可是，只有伊塔刻的国王奥德修斯仍在海上流亡。

有一天，奥德修斯和同伴们漂流到了库克罗普斯人居住的地方。库克罗普斯人都是粗暴的独眼巨人，他们居住在山洞里，从来不跟邻居来往。奥德修斯挑选了十二名最勇敢的同伴，带上许多美酒和美味的食物，悄悄地登上了库克罗普斯的岸边。他们看到一个高耸的山洞，发现里面没有人，看来山洞里的巨人有事外

出了。傍晚的时候，巨人回来了。奥德修斯他
们吓得躲在角落里，看着巨人把羊
群赶进山洞，然后搬来一块巨大
的石头封住了洞口。

　　巨人点起火来，这时他才
发现躲在角落里的人。"你
们是谁？从哪里来？"巨人粗暴地
问，他的声音就像响雷。奥德
修斯壮着胆子说："我们是希
腊人，刚从特洛伊战场上回
来，在海上迷了路。"巨人
听完，发出一阵可怕的笑
声，突然伸出大手，抓起
奥德修斯的两个同伴，像狮子吞食猎物一样，把他们撕碎
吃掉了。巨人吃饱后，打了个响嗝就躺在地上睡着了。

　　第二天一早，那巨人又抓起奥德修斯的两个同伴作为
他的早餐。巨人吃完后，搬开洞口的巨石，赶着羊群走出
山洞，又用石头塞住洞口。

　　巨人挥动鞭子，吆喝着走远了。奥德修斯和同伴们在
山洞里焦急地寻找逃生的办法。很快，他们在羊圈里找到
一根巨大的木桩，就一起把它的一端削尖，然后藏在羊粪

31

堆里。

晚上，可怕的巨人赶着羊群回来了。奥德修斯把自己带来的美酒倒进木桶，送到巨人面前说："请喝吧，这酒再好喝不过了。"巨人接过木桶，一口气喝干了桶里的酒，满意地说："再送给我一桶吧，我也会送你一件礼物的。我叫波吕斐摩斯，是海神波塞冬的儿子。告诉我你的名字吧。"

奥德修斯没有回答，而是连着给巨人倒了三桶酒。直到巨人喝得有点迷糊了，奥德修斯才说："我的名字很特别，别人都叫我'没人'。"巨人说："好，没人，作为回报，我会最后一个吃你，你觉得这个礼物怎么样？"巨人说着就醉倒在地上，打起呼噜来。奥德修斯飞快地把削尖的木杆放进火堆里。当木杆点着时，他又迅速把它抽出来。四个同伴和奥德修斯一起抓住木杆，狠命地戳进巨人的眼睛里。奥德修斯转动着木杆，巨人的睫毛和眉毛都烧焦了，他痛得大声吼叫，声音震得整个山洞都在抖动。奥德修斯他们蜷缩在山洞的角落里，不敢胡乱走动。巨人疼得跳了起来，他将木杆拔出来，鲜血也喷涌了出来。

巨人发疯般地喊其他的巨人来帮忙："兄弟们，没人骗了我！没人刺伤了我！"外面的巨人听到他的话，都说："既然没人伤害你，你瞎叫什么？难道是疯了吗？"

说完，他们就都散开了。巨人呻吟着摸到洞口，搬开巨石，想抓住趁机和羊群一起逃出去的人。奥德修斯则把每三只绵羊捆在一起，自己和同伴们躲在中间那只羊的肚子下面。羊群纷纷跑到洞外吃草，将奥德修斯和他的同伴们顺利地带离了山洞。

奥德修斯和同伴跑回船上，连忙起锚开船。他们听到巨人在大声喊："你要知道，我可是海神波塞冬的儿子。我祈求父亲给你制造灾难，让你不停地在海上漂流！"巨人不停地大声咒骂着，而奥德修斯的船已经越驶越远了。

2 第二章

MINJIAN GUSHI

民间故事

　　从远古时代，人们就口头流传一些充满幻想的故事，这些以奇异的语言和象征的形式讲述的精彩而传神的故事，正是贴近人类生活的民间故事。这些故事植根于生活，却又不乏异想天开的成分，以及丰富而大胆的想象，从而使故事洋溢着浪漫的色彩。

　　本章所选取的故事主要来自阿拉伯民间故事《一千零一夜》。《一千零一夜》是世界文苑中一株放射异彩的奇葩，它汇集了阿拉伯地区各民族的传说、寓言等，如阿拉丁和神灯、阿里巴巴与四十大盗、航海家辛巴达等闻名于世的经典故事。这些民间故事不仅富于变化，而且优美动人，散发着经久不息的魅力。

阿拉丁和神灯

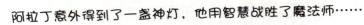
阿拉丁意外得到了一盏神灯，他用智慧战胜了魔法师……

从前，有一个叫阿拉丁的少年，他和母亲相依为命。有一个魔法师得知只有阿拉丁可以打开一座神秘的宝藏，并从里面取出一盏神灯。所以，魔法师找到阿拉丁，骗他说："乖孩子，我是你的叔叔。你跟我一起去个好地方吧，那里有好多财宝。"天真的阿拉丁竟然相信了，他跟着魔法师来到一座山上。

魔法师生了一堆火，念了几句咒语，地上突然出现一扇石门。魔法师说："阿拉丁，这下面有一盏油灯，你去把它拿上来。""下面又窄又黑，我可不敢去。"阿拉丁说。于是，魔法师取出一枚戒指，说："你只要戴上它，什么妖魔鬼怪都不能伤害你。"

阿拉丁戴上戒指，走进石门，来到了一个地窖。他果然看到了一盏点着的油灯，还有许多珠宝。阿拉丁抓了几把珠宝塞进口袋，然后拿起油灯往回走。可是魔法师等得有点不耐烦了，他在洞口大声叫着："你死在下面了吗？快把油灯拿上来！"阿拉丁有点儿害怕，没有出声。魔法师气得念起咒语，把石门关上了。阿拉丁在地道里急得团团转。他的手无意中擦了一下戒指，突然一个巨人出现他眼前。巨人对阿拉丁说："我是戒指神，谁拥有这枚戒指，我就听谁的命令。主人，你要我做什么？"阿拉丁说："请你带我回家吧！"话音刚落，阿拉丁就抱着油灯回到了家里。

过了几天，阿拉丁的妈妈拿了块抹布想把油灯上的灰土擦干净，没想到刚擦了三下，忽然又冒出来一个巨人。巨人说："我是灯神，谁拿着这盏油灯，我就听谁的命令。"阿拉丁听了惊喜万分。从此以后，阿拉丁想要什么东西或者

想要办什么事，就擦擦油灯，然后吩咐灯神去做。

过了些天，阿拉丁听说国王要给公主找一个丈夫。他很想娶到美丽的公主，所以就让灯神变出了一座华丽的城堡，又把自己打扮成高贵的王子，然后带上珠宝去宫里求亲。国王见阿拉丁不仅长得英俊，而且很富有，就高高兴兴地把公主嫁给了他。

魔法师一听说阿拉丁成了高贵的王子，就知道他肯定是借助了神灯的力量。于是，他趁阿拉丁不在城堡的时候，化装成一个商人，在城堡外面喊："旧油灯换新油灯！"公主听到了喊声，就让仆人把家里的那盏旧油灯拿来换了一盏新的。她哪里知道，那旧油灯可是一盏神灯。魔法师一拿到神灯，立刻擦了三下，唤出了灯神，吩咐它把整个城堡搬到了非洲。

阿拉丁回来后见城堡和公主都不见了，赶忙擦了擦戒指，戒指神出来了。

"你能帮我把公主找回来吗？"阿拉丁问。

戒指神回答："公主和城堡在非洲，但是我没有灯神那样大的法力，不能把城堡搬回来。我只能把你送到非洲去。"于是，阿拉丁被戒指神带到自己的城堡。魔法师恰巧不在城堡里。阿拉丁找到公主，看到她正在悲伤地哭泣，便安慰说："我们只要拿到那盏神灯，就可以打败魔法师了。"公主擦了擦眼泪说："可是魔法师不管走到哪里，都会把神灯带在身上。"阿拉丁灵机一动，想出了一个主意，忙说："我去找些催眠药来，等魔法师回来后，你趁他不注意，把药放在酒里，骗他喝下去，这样我们就可以拿到神灯了。"随后，阿拉丁让戒指神帮他弄来一些催眠药。然后，他躲在了门后面。

不一会儿，魔法师回来了。公主微笑着走上前去问候他，还给他倒了一杯酒。魔法师非常高兴，他一口喝下那杯酒，很快就倒在地上睡着了。阿拉丁赶忙从魔法师的腰里解下神灯，唤出灯神，对他说："让这个可恶的魔法师永远消失，将我们和城堡一起送回家乡吧！"灯神按照阿拉丁所说的做了。后来，阿拉丁又把母亲接到了城堡里，一家人从此过上了快乐幸福的日子。

阿里巴巴与四十大盗

"芝麻，开门吧！"洞门打开了，阿里巴巴走了进去……

很久以前，波斯国有一对兄弟。哥哥戈西姆是远近闻名的大富商，他的弟弟阿里巴巴却非常贫穷。贪婪吝啬的戈西姆从来都不关心弟弟阿里巴巴的生活。

有一天，阿里巴巴赶着毛驴，去山上砍柴。忽然，他看见远处奔来一支马队。阿里巴巴赶紧爬到一棵大树上躲了起来，他看到那支队伍一共有四十个人，个个身强力壮，一看就是一伙强盗。强盗们下了马，取下马背上沉甸甸的口袋。强盗首领来到一块大石头跟前，说道："芝麻，开门吧！"大石头后边立刻出现了一道门，强盗们都走了进去。那个首领又念咒语："芝麻，关门吧！"那扇

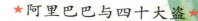

门就又自动关了起来。

不一会儿，强盗们都走出洞，跳上马跑远了。这时，阿里巴巴才从树上爬下来。他也跑到大石头前喊道："芝麻，开门吧！"洞门果然开了。阿里巴巴走进山洞，惊奇地发现里面堆满了财宝。他装了满满一口袋金币，然后赶着毛驴回家了。

阿里巴巴得到一袋金币的事情竟被戈西姆发现了。戈西姆既羡慕又嫉妒，就去盘问阿里巴巴在哪里找到金币的。阿里巴巴把整件事都告诉了哥哥。

第二天一大早，戈西姆就赶着十四骡子来到山里，找到了那个神秘的洞口。他对着大石头喊："芝麻，开门吧！"洞门真的打开了。戈西姆走进山洞，又喊："芝麻，关门吧！"洞门又关上了。戈西姆急忙把大把的金币往口袋里装，一口气装了满满十袋。可是在他准备离开的时候，竟然忘了开门的暗语。戈西姆慌了神，"黄豆"、"扁豆"、"蚕豆"地乱喊一气，但就是想不起"芝麻"来。

半夜里，强盗们回来了。他们一打开洞门就看见了戈

西姆，一气之下杀了他，还把他切成一块一块的，挂在洞口，警告那些胆敢偷窃宝物的人。戈西姆的老婆见丈夫一夜没回家，非常着急，赶忙去央求阿里巴巴寻找戈西姆。阿里巴巴来到山洞前，一眼就看见了戈西姆的尸体。他悲伤地把哥哥的尸首带回了家。不久，那伙强盗再次回到山洞，发现戈西姆的尸首不见了，他们决心要找到闯入者的同伙。

强盗们费尽心机找到了阿里巴巴家。第二天，强盗首领扮成商人假装来到阿里巴巴家借宿，想趁机杀掉阿里巴巴一家。不过，强盗的阴谋恰巧被戈西姆家的女仆马尔吉娜发现了。于是，她穿上漂亮的衣服，身藏锋利的匕首，主动为那"商人"献舞。正当那强盗头子看得出神时，马尔吉娜突然抽出匕首，杀死了他。

阿里巴巴非常感激马尔吉娜，就让自己的侄子娶她为妻。后来，他们取出了山洞里的全部财宝，从此过上了无忧无虑的生活。

航海家辛巴达的故事

听了航海家辛巴达的故事，脚夫辛巴达终于明白了一切……

巴格达城里有一个叫辛巴达的脚夫，他每天都要给别人搬运货物。有一天，天气非常闷热，辛巴达扛着沉重的担子，累得汗流浃背。他走到一座豪华的大房子前时，实在走不动了，就坐在门前的石阶上休息起来。这时从屋里飘出来一阵阵饭菜的香味，辛巴达不禁悲伤地落泪，抱怨说："唉，命运总是这样不公平，为什么有的人那么富有，而我却这样贫穷呢？"

不一会儿，从屋里走出来一个仆人，他对辛巴达说："我的主人想请您进去做客。"辛巴达疑惑不解地随仆人走了进去。很快，一位慈祥的老人走向辛巴达，热情地请他坐在自己身边。"欢迎你，你叫什么名字？是干什么的？"老人问。脚夫回答："我叫辛巴达，是个给人搬运东西的脚夫。"老人听了，微笑着说："真是巧啊，我们俩的名字一样，我是航海家辛巴达。刚才我听到你在门前抱怨命运不公平，你愿意听听我的故事吗？我想这对你有好处。"脚夫点点头，很认真地听着。

航海家辛巴达将将自己的胡子，说："我年轻的时候，把家里值钱的东西都卖了，和几个商人一起出海做生意。我们在大海里飘荡了几天几夜，好不容易遇到一个小岛。我们几个人就跳上小岛，在那里吃喝玩耍。不一会儿，船长就喊：'你们赶快上船来！这不是什么岛，而是一条大鱼！你们在它身上生火煮饭，已经把它惊醒了！'大伙一听，急忙向大船跑去。可是那条大鱼动了动，很快就沉入水里。我们没来得及上船，全都掉进了海里，被海浪卷走

了。我趴在一个托盘上，在海上漂流了整整一天一夜。第二天，我被风浪推上了一个小岛。

"我在小岛上靠野果充饥，静静地休息了几天。一天，我正沿着海滨散步，忽然看见海边拴着一匹高大的骏马。它一看见我就嘶鸣了一声，吓了我一跳。这时有人从旁边的地洞里钻了出来，问我：'你是谁？来干什么？'我就把自己的遭遇跟他讲了一遍。然后，我又问他是谁。那人笑了笑说：'我是专门替国王养马的人。每当月圆的时候，我们就要挑选高大健壮的母马拴在海边，海里的马闻到母马的气味，就会跑出来亲近母马，这样母马怀孕后生出的马驹就会体格健壮，能卖出很高的价格。''哦，原来是这样。'我点点头。正在这时，一匹海马上岸了，和母马亲热起来，还要把它带走。过了一会儿，养马人估计母马已经受了孕，就拿起宝剑和铁盾跑出地洞，他的伙伴们也从别的山洞里跑出来，一起把海马赶回海里。

"那些养马人带我回去拜见了他们的国王。国王很喜欢我，把我留在了宫里，还给了我不少赏赐。几年过后，正好有一个商船经过这里，我才搭上那船回到了家乡。第一次航海归来，我带回了不少金银财宝。不过在家乡过了几年富裕的日子以后，我又开始向往海上冒险的生活。终于有一天，我又登上海船出海了。在那以后的二十多年里，我一共进行了六次航海冒险，一次比一次惊险，不过也积累了很多财富。现在我上了年纪，不想再出海了，才建造起大房子，与朋友们一起来分享富足的生活。"

听完航海家辛巴达的故事，脚夫辛巴达好像明白了什么，他说："我知道了，你的财富原来都是付出艰辛才得来的，刚才我不应该那样抱怨，请原谅我的无知吧。"航海家辛巴达听后微笑着点了点头。

朱特的故事

朱特遇到了两个神秘的摩洛哥人，他意外地得到很多财宝……

　　从前，有个商人叫哈迈。他有三个儿子，老大叫萨勒，老二叫莫约，最小的叫朱特。哈迈对小儿子朱特十分疼爱，这让朱特的两个哥哥非常嫉妒。哈迈老了，他怕自己死后小儿子会受欺负，就请来法官，把自己的财产平均分成四份，他的老伴和三个儿子一人一份。

　　不久，哈迈死了。萨勒和莫约觉得财产分得不公平，就把朱特告上了法庭。为了把官司打赢，两个哥哥总是拿钱贿赂法官，朱特也不得不陪着花冤枉钱。最后，兄弟三人的钱财都落到了贪官的手里，他们谁也没占到便宜，却都变成了穷光蛋。萨勒和莫约没有办法，就一

起去找他们的老妈妈。萨勒和莫约想尽办法欺负自己的妈妈，还打骂她，最后竟把妈妈给撵出了家门，霸占了她的财产。妈妈哭哭啼啼地来到朱特家，对他说："你的两个哥哥抢了我的财产，还把我赶出来了。"朱特安慰妈妈："不要难过，我会好好照顾您的。"

萨勒和莫约每天好吃懒做，不久就花光了从妈妈那里抢来的财产。他们只好又去找妈妈要吃的，仁慈的妈妈和善良的朱特原谅了他们，把他们留在了家里。从这以后，朱特挣钱供养家人，而他的两个哥哥还是整日游手好闲。

朱特靠打鱼赚钱，可是有一次接连七天，他都没有在近处的湖里打到鱼。所以，第八天，他去了远处的哥伦湖碰运气。他正要下网，突然来了一个骑骡子的摩洛哥人。那人对朱特说："你用绳子绑住我的胳膊，把我推到湖

里，如果我的手伸出水面，你就把我捞上来；要是我的脚伸出水面，你就不用管我，把骡子牵到集市上去，交给一个叫密尔的犹太商人，他会赏你一百个金币。"

朱特虽然很纳闷，但还是答应了。摩洛哥人被推到湖里之后，露出了两只脚，朱特明白他已经淹死了，就把骡子牵去交给了那个犹太商人，果然得到了一百个金币。

第二天一早，朱特来到哥伦湖畔，又有一个摩洛哥人骑着骡子来找他。这人请求朱特帮同样的忙。朱特用力一推，那人就掉到了湖里。不一会儿，只见水面上露出两只手，于是，朱特马上撒网将他打捞起来，只见他手里抓着一条红珊瑚色的鱼。这个摩洛哥人告诉朱特："我叫迈德，前面淹死的那个人是我的兄弟。我们的父亲是个魔法师，他临死前告诉我们有一个埋藏已久的宝藏。而开启那

宝藏的关键就是要抓到这湖里的红鱼。"迈德见朱特十分善良，便接着说："谢谢你帮了我的忙，不过我希望你能跟我一起去打开宝藏。""不行啊，我还要赚钱养活我的家人呢。"朱特说。"那我先给你一千块金币，拿去交给你妈妈好了。不出四个月，你就可以回来了。"朱特同意了。他把一千块金币送回家，就跟着迈德来到了摩洛哥的非斯城。

他们来到一条河边时，迈德先嘱咐了朱特一番，然后念动咒语，只见河水退了下去，河床上出现了宝藏的大门。朱特按照迈德的吩咐，过了一关又一关，成功地拿到了迈德想要的东西。迈德欣喜若狂，他给了朱特一袋金银珠宝作为回报。然后，朱特带着财宝离开了摩洛哥。

可是，朱特刚回到家乡，就看见妈妈正在路边要饭，他不禁大吃一惊。妈妈一看是朱特回来了，不由得放声痛哭。回到家后，妈妈告诉朱特，金币都被他的哥哥们骗走了。朱特一边安慰妈妈，一边拿出了他带回来的金银财宝。从此，朱特和妈妈过上了富裕的生活。

九色鹿

调达出卖了舍己救人的九色鹿，最后却没有得到好下场……

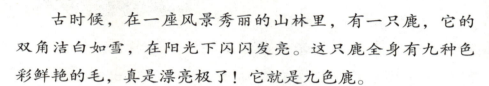

古时候，在一座风景秀丽的山林里，有一只鹿，它的双角洁白如雪，在阳光下闪闪发亮。这只鹿全身有九种色彩鲜艳的毛，真是漂亮极了！它就是九色鹿。

一天，九色鹿正在河边喝水，突然，它看到在汹涌的波浪中有一个人正奋力挣扎，还大声嚷着："救命啊，救命！"眼看那个人快要淹死了，九色鹿立刻跳进水里，费了很大的力气才游到那人身边，对他说："快骑到我的背上，我驮你到岸边去。"那人爬

上鹿背，九色鹿驮着他拼命地游。翻滚的浪头把九色鹿冲得东倒西歪，但它仍然坚持驮着那个人，一直游到了岸边。

上了岸，那人感激涕零，跪在九色鹿面前说："我叫调达，今天多亏了您，要不然我就没命了。我乞求您把我留下来做您的奴隶吧，我会随时听候您的差遣的！"九色鹿摇了摇头，说："调达，我刚才不惜性命来救你，只不过是想做一点好事。如果你真的想报恩，就不要对任何人讲起你在这里看到我。"调达听了，信誓旦旦地说："放心吧，我绝不会把见到你的事告诉别人的。"

就在这天晚上，这个国家的王后梦见树林里有一只九色鹿，长着洁白如雪的角。第二天，王后就对国王说："我昨晚梦见了一只九色鹿，我想用它闪闪发光的九色皮毛做垫子，还想用它洁白的角做拂尘帚的柄。请陛下一定设法为我弄到那头鹿，要不然我会伤心而死的！"国王立即向全国发出告示："谁能捉到九色鹿，我就会赏赐给他盛满金粒的银钵和盛满银粒的金钵。"

调达听说国王悬赏寻找九色鹿，马上起了贪心。他竟

忘了九色鹿对他的救命之恩，也把自己的誓言忘得一干二净了。他想：那九色鹿只不过是个畜牲而已，它的死活有什么要紧？如果我说出它的下落，马上就能大富大贵啦！主意打定，调达一阵风似的赶到了王宫。国王得到了九色鹿的消息，非常高兴，就带领大队人马，在调达的指引下浩浩荡荡地向恒河进发了。

这时，九色鹿正在开满鲜花的草地上睡觉。它的好朋友小鸟看到远处烟尘滚滚，大队人马直冲过来，就猜到他们是来捕杀九色鹿的。于是，它赶紧大声喊："九色鹿，快醒醒，有人来杀你了！"九色鹿从梦中惊醒，一跃而起，但是它已在刀枪箭斧的包围之中，来不及脱身了。它仔细一看，调达竟站在国王身旁，便明白了一切。九色鹿不慌不忙地走到国王面前说："大王，请先不要下令杀我，我有话要说。"

国王心想，这头鹿会说话，难不成是天神的化身？他让弓箭手放下了箭，说："你有什么话就讲吧。"九色鹿抬头看着调达，流出了伤心的眼泪。它对国王说："大王，这个人昨天还在河里挣扎着大喊救命，我费尽全力将他救起来，他还乞求做我的奴隶，信誓旦旦地说不会出卖我，可是今天却带人来捕杀我。我救他，还不如从水里捞起一截木头呢！"

国王听了，既惭愧又愤怒，厉声责问那个告密者："你受过人家的救命之恩，怎么可以恩将仇报？"调达这时已经无地自容，身上长满了烂疮，嘴里流出了脓血。国王立刻诏令全国：从今以后，如果再有人胆敢伤害舍己救人的九色鹿，将会受到严厉的惩罚。王后没有得到九色鹿的皮毛，又羞又恨，最后竟活活气死了。

九色鹿和小动物们愉快地生活在山林里，再也不用担心有人来伤害它们了。

红鞋的秘密

辛杜穿上了老爷爷的红鞋子，竟学起老人家走路……

辛杜是个急性子，他非常看不惯那些走路慢的人，每次看见人们慢悠悠地闲逛，或是看见老人家挂着拐杖慢吞吞地走路，他就忍不住要生气，还要冲人家发脾气。那些老人对辛杜的态度非常不满，可是他们只能暗暗叹息，拿辛杜没有一点儿办法。

辛杜很小的时候就没有了妈妈，一直都是婶婶来照顾他。婶婶是一个心地善良的人，她经常劝辛杜："孩子，你不应该讨厌那些走不快的老人家，要知道，总有一天你也会变老的。"可是辛杜根本听不进去。

有一天，辛杜到市场上去买东西。可是，街上挤满了人，辛杜不能像平常那样飞快地走，这可把他给急坏了。

顿时，辛杜窝了一肚子的火。正巧，他前面有一个老太婆拄着拐杖，一步一步地往前挪，辛杜看了更加恼火。他走上去狠狠地推了那老太婆一把，老人"扑通"一声摔倒在地。她生气地说："你！你为什么推我？"辛杜不但不觉得惭愧，反而怒气冲冲地说："谁叫你这老太婆挡住我的路！"说完，他就头也不回地走了。路人把老太婆搀扶起来，有人说："这个孩子总是这样，真是没办法。"那个老太婆拾起自己的小包袱，冲着辛杜的背影大声说："小子，你会受到惩罚的！"

辛杜买完东西，就回家了。在路上，他觉得有点累，就躺在柔软的草地上睡着了。这时，那个被辛杜推倒的老

太婆也来到了这里。她轻轻地把辛杜的鞋脱了下来，又从包袱里掏出一双红鞋子给他穿上。然后，老太婆悄悄地走远了。

太阳快落山了，辛杜才睡醒，他一睁眼，就看见脚上穿着一双新鞋子。他很高兴，可是站起来刚走了几步，就突然觉得这双鞋变得非常重，每走一步都很吃力。辛杜骂道："这是什么破鞋子，中看不中用！"他想把鞋子脱下来，可是那双鞋却像生了根似的，牢牢地粘在他的脚上了。

没办法，辛杜只好拖着沉重的脚一步一步地往家里走。鞋子越来越夹脚，痛得他实在受不了。他看见前面地上有根棍子，忙弯腰捡起来，挂着棍子往前走。

辛杜走到一个拐弯处，遇见了刚才被他撞倒的那个老太婆，她笑嘻嘻地问辛杜："你什么时候也变成老头子了？"辛杜不好意思地低下了头。

好不容易挨到了家，辛杜把刚才发生的事告诉了婶婶。婶婶说："这双红鞋一定具有神奇的魔力。只要

58

你吸取教训，不再嘲笑那些走路慢的人，它一定会自己松开的。"

在接下来的七天里，这双鞋子一直折磨着辛杜，几乎让他寸步难行。邻居和朋友都来安慰他，辛杜觉得很惭愧，认真反省了自己的过错，决心像邻居们一样，做一个善良的人，再也不欺负年迈的老人和走路慢的人了，还要热心地帮助他们。辛杜把这些想法告诉了婶婶，话音刚落，他脚上那双神奇的红鞋就不见了。辛杜惊喜地跳了起来。婶婶也替他高兴，紧紧地把他搂在怀里。从此，辛杜成了一个乐于助人的小伙子。

鱼新娘

辛加兰捕到了一条会说话的鱼，小鱼竟变成了一个姑娘……

从前，有一个渔夫，他的名字叫辛加兰。辛加兰一家住在海边的小房子里。每天一大早，他就驾着小船出海捕鱼，直到傍晚才回来。

一天早晨，辛加兰像往常一样很早就出海了。可是，大半天过去了，他一条鱼也没捕到，心里非常着急。天快黑了，辛加兰决定最后再撒一次网。他把网撒在靠近船头的地方。耐心地等了一会儿

后，他轻轻拉了拉网，觉得网里沉甸甸的，拉上来一看，哇！那么大一条鱼！更让辛加兰惊奇的是，那条大鱼居然对他讲起话来："善良的先生，如果您一定要把我捉回去的话，请您不要把我杀了吃掉，也许我对您还有很多用处。""唔？一条鱼除了能吃以外，还能有什么用处？"辛加兰一脸怀疑地问。

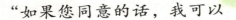

"如果您同意的话，我可以替您放牛。"鱼回答。辛加兰吃惊地想："它怎么会知道我有一头牛呢？就算碰巧猜对的话，它又怎么知道我正需要一个人帮我放牛呢？"辛加兰高兴地接受了鱼的建议，尽管他还有点不相信一条鱼能赶着牛去吃草。

辛加兰划着船回家的时候，发现鱼变得越来越小，等他上岸时，原先的大鱼已变得只剩几寸长了。回到家里，辛加兰的家人听了他的讲述，都觉得很稀奇："鱼怎么能当放牛娃呢？它离开水又怎么能活呢？"但辛加兰还是想让它试试，就把鱼放到了牛背上。尽管那鱼小得几乎看不见，但母牛还是在鱼的吆喝声中服服帖帖地走进森林，安安静静地吃草去了。傍晚时，鱼又吆喝着把牛赶回家来。

辛加兰和家里人终于都相信了鱼的话。

有一天，鱼又赶着母牛到森林深处去吃草。那里的草长得非常茂盛，又香又嫩，母牛吃得津津有味。草地的主人看到自己的草被牛吃了那么多，非常生气，他决定要好好教训教训那头牛。第二天天还没亮，草地的主人就拿着一根棍子躲在大树后。他见牛在那里悠闲地吃着草，旁边无人看管，就从树后面跳了出来，用棍子使劲儿朝母牛打去。母牛疼得"哞哞"直叫。草地的主人正打得起劲，突然听到："喂，住手！你要是再打我的话，我就要对你不客气了！"那人看到这头没人管的牛竟然会说人话，吓了一跳。他以为牛是魔鬼变的，赶紧跪下向牛求饶："请原谅我吧，我真是有眼无珠！从今天起，这里的草你随便吃，想吃多少都行！"其实，说话的并不是母牛，而是牛背上那条小得看不见的鱼。

从那以后，鱼每天都把母牛赶到这里来，让它吃个痛

快。渐渐地，母牛被养得肥肥胖胖，每天都能挤出满满一桶牛奶。辛加兰靠卖牛奶赚了很多钱，成了一个富人。

几年过去了，辛加兰的儿子渐渐长成了一个英俊的小伙子。辛加兰到处给他物色媳妇，可是一直没有找到合适的。辛加兰心里很着急，他坐在门口向鱼倾诉心中的苦闷："唉，鱼儿，你已经帮了我们家很大的忙了，要是再能帮我儿子找一个合适的新娘子该有多好啊。"鱼笑了笑说："您为什么要舍近求远呢？只要您愿意的话，你的院子里就有一个现成的新娘。""真的吗？"辛加兰不相信地问。"当然。"话音刚落，鱼就变成了一个年轻的姑娘。辛加兰简直不敢相信自己的眼睛。鱼姑娘说："我原本就是个女孩，被女巫的咒语变成了鱼。但是，如果我跟您的儿子结婚，这个咒语就会解除了。"辛加兰看到鱼姑娘漂亮又能干，立刻就答应了她和儿子的婚事。于是，女巫的咒语解除了，鱼姑娘变成鱼新娘，从此和辛加兰一家人幸福地生活在了一起。

3 第三章

JIERI GUSHI

节日故事

　　圣诞节是哪一天？这一天是谁出生的日子？圣诞老人是什么样子的？在圣诞节你最希望得到什么礼物？感恩节里除了香喷喷的火鸡，还有哪些好吃的？万圣节时小朋友们为什么要提着南瓜灯去邻居家敲门？母亲节和父亲节是怎么来的？关于情人节有哪些美丽动人的故事？愚人节那天，人们用哪些小把戏来捉弄别人……

　　这一切是不是很有趣呢？本章就编写了这些国外非常重要的节日故事，节日的由来、节日的习俗向你一一娓娓道来。一个个神奇的节日故事将带着大家一起去领略异彩纷呈的民俗风光，感受大千世界的精彩文化。

圣诞节的故事

圣诞节是纪念耶稣诞生的日子，这一天……

　　耶稣是基督教的创始人，每年的12月25日，全世界的大多数基督教徒都会纪念耶稣的诞生。所以，这一天就被定为圣诞节。

　　关于耶稣的诞生，还有一个美丽的故事。传说耶稣是上帝耶和华的儿子。有一天，上帝派一个天使向犹太少女玛利亚报喜，说她将会怀孕，那孩子应当起名叫耶稣。这时玛利亚已经和一个叫约瑟的人订了婚，她对天使说："我还没有出嫁，怎么能生孩子呢？"

天使告诉玛利亚圣灵要降临到她身上，她孕育的是神的儿子。于是玛利亚虔诚地回答："我是上

帝的使女，愿意照您
的话去做。"

　　不久，玛利亚怀孕
了，她的未婚夫约瑟
知道后非常苦恼，想
和她解除婚约。正在
这时，天使出现在约
瑟的梦里，对他说：

"你只管把玛利亚娶过来，她怀的孩子是圣灵，他将从罪
恶中拯救自己的子民。"约瑟就按天使的吩咐娶了玛利
亚，和她一同期待着上帝之子的出世。

　　12月24日这天，玛利亚跟随约瑟到伯利恒为耶稣申报
户口，但城里的客栈都住满了人，他们只好暂时住在了一
间客栈的马棚里。当天夜里，玛利亚就在马棚里生下了耶
稣。传说，遥远的东方有三位博士，他们追随天上一颗明
亮的星星找到了耶稣，当时耶稣还安详地睡在马槽里。三
位博士打开宝盒，拿出黄金、乳香等作为礼物献给了他。
一个牧羊人在旷野中也听到了天使从天上发出的声音，向
人们传报耶稣降生的佳音。后来人们为了纪念耶稣的诞
生，就把12月25日定为圣诞节。

　　后来，圣诞卡出现了，圣诞节也开始流行起来了。在

那些信奉基督教的西方国家里，圣诞节的节日气氛总是很隆重、很热闹。

当圣诞节临近的时候，街道、商店就会开始装饰起来。五色彩灯拉成了串，橱窗里摆满了各种各样的圣诞礼物。人们纷纷忙着采购各种礼品和食物。五彩缤纷的圣诞树到处可见，市场里挂满了耶稣诞生图。每个家庭都要在家里布置一棵圣诞树，那树一般是用像小塔一样的常青树，如小松树或小柏树等做成的。树上挂着五光十色的彩灯，枝头点缀着金色和银色的亮晶晶的纸片，花花绿绿的拉花从小树顶上拉向房子四周。树丛中还点缀一些用棉花做成的雪花，还有各种精巧别致的小礼品。

圣诞节的前一天，全家人等待着夜幕的降临，他们围坐在圣诞树前互相赠送圣诞礼物，祝福节日快乐。然后，一家人点燃一支支圣诞蜡烛，围坐在一起，共进圣诞晚餐。他们频频举杯，笑语欢声，整个晚餐都沉浸在团圆、幸福、美满的气氛中。半夜时，教堂里会响起悠扬的钟声。这时，教堂里的"子夜弥撒"就隆重开始了，人们开始庆祝耶稣诞生，迎接圣诞节的到来。

　　小朋友们最盼望过圣诞节了。因为每到圣诞节，就会有一个身穿大红袍，长着白胡子、白眉毛的圣诞老公公，来给小朋友们送礼物。圣诞老公公从遥远的北方坐着雪橇飞驰而来，从烟囱爬进小朋友家里，带来各种各样的礼物。所以孩子们在圣诞节的前一天晚上，在上床睡觉前，总不会忘记把自己的袜口朝上，放在大壁炉旁，希望圣诞老公公的礼物能把它装满。其实，圣诞老公公只是基督教童话故事里的一个人物，现在有很多家庭为了增添节日的欢乐气氛，还真的请一位亲友装扮成圣诞老公公，来到自己家里，给孩子们带来很多礼物。

感恩节的故事

为了感谢上帝和印第安人的恩情，移民们……

感恩节是美国特有的节日，所以，美国人一提起感恩节总是备感亲切。感恩节始于1621年，不过直到1863年，美国总统林肯才将感恩节定为国家法定假日，并且规定每年11月的第四个星期四为美国的感恩节。

关于感恩节的由来，要追溯到美国历史的起始时期。1620年，英国的一批主张改革的清教徒，因为自己的理想和抱负不能实现，就退出了国教，他们自立新教。这种做法激起了英国当政者的强烈不满。这些清教徒不能承受统治者的迫害，于是逃到了荷兰。9月初，他们又乘着"五月

花"号轮船远渡重洋，准备流亡。

轮船在波涛汹涌的大海中，就像一叶小舟，艰难地漂泊了65天，于11月21日到达了北美洲东海岸。清教徒在罗得岛的普罗维斯敦港登陆，成了当地的移民。

那时，罗得岛还是一片未开垦的土地，那里非常空旷，野草丛生。当时还正值寒冬季节，这批清教徒没有足够的衣服和粮食，恶劣的环境正在一步步地威胁着他们的生命。

就在这生死攸关的时刻，当地那些热心肠的印第安人为他们送去了食物、生活用品和生产工具。印第安人还专门派一些人去教这些清教徒怎样狩猎、捕鱼、饲养火鸡，还教他们种植玉米、南瓜。在印第安人的帮助下，到了第二年，这些新来的移民获得了丰收。他们终于渡过难关，过上了富裕的生活。

就在这一年的秋天，在欢庆丰收的日子里，移民们按照宗教传统习俗，规定了感谢上帝的日子。同时，他们也没有忘记真正给予他们帮助的人——热情、好客、真诚的

印第安人，所以也盛情邀请他们一同来参加庆祝。在第一个感恩节的这一天，移民们和印第安人欢聚一堂。他们在黎明时鸣放礼炮，列队走进一间被用作教堂的屋子，虔诚地向上帝表达谢意。然后，他们又点起篝火，举行盛大的宴会。移民们将猎获的火鸡制成美味佳肴，盛情款待他们的恩人——印第安人。

在接下来的两天里，他们又举行了摔跤、赛跑、唱歌、跳舞等活动。第一个感恩节的活动举办得非常成功。那时的许多庆祝方式流传了下来，一直保留到今天。

万圣节的故事

万圣节有调皮可爱的南瓜灯、快乐无比的化妆舞会……

在西方国家，每年的10月31日，就是传统的万圣节。

万圣节是赞美秋天的节日，就好像五朔节是赞美春天的节日一样。古代高卢、不列颠和爱尔兰，这几个地方的古西国家的人叫做德鲁伊特人。德鲁伊特人从10月31日的

午夜开始，第二天还要持续整整一天，用来庆祝秋天的丰收。德鲁伊特人还相信一个传说，那就是在10月31日晚上，他们伟大的死神——萨曼会把当年死去的人的鬼魂统统召来。人们觉得，应该让那些鬼魂也来分享一下丰收的快乐，所以要盛情款待他们。在这一天夜里，人们还要点起一堆堆冲天的篝火，这也是为了给鬼魂们照亮道路，引领它们离开。这天的晚上就叫"万圣节之夜"，万圣节也被叫做"鬼节"。至今在欧洲的一些与世隔绝的地区还有人相信这个传说是真的。

　　一直以来，万圣节就是孩子们任意玩乐的好节日，因为这是一个充满神秘色彩的节日。在今天，每到万圣节的时候，孩子们就簇拥着，挨家挨户去要糖吃，据说这种习俗起源于爱尔兰。当时，爱尔兰的异教徒们相信，在万圣节前夜，鬼魂们会群集在人们的住所附近，接受各家各户的盛宴款待。所以，村民们在晚宴结束以后，就会装扮成鬼魂精灵，到村外去游走，引导鬼魂们离开村子。当然，

村民们也不会忘了在自己家的屋前院后摆放一些糖果，让那些鬼魂吃得饱饱的，这样，它们就不会去伤害人类和动物了。后来，这种习俗一直延续了下来。

万圣节前夜，夜幕刚刚降临，孩子们便迫不及待地穿上五颜六色的化装服，戴上千奇百怪的面具，再提上一盏"杰克灯"，然后，头也不回地跑出去玩了。过不了多久，大街上就有了一群群手提"杰克灯"的孩子。那些"杰克灯"的样子非常可爱，它们是用南瓜做的。装扮成妖魔鬼怪的孩子们提着南瓜灯，跑到邻居家门前，他们装神弄鬼地喊："你们给钱还是给吃的？要是不给，我就要捉弄你们！"要是邻居家的大人不拿出糖果或者零钱来款待他们，这些调皮的孩子会把邻居家的门把手上涂些肥皂，或者把人家的小猫涂上颜色。这些小玩笑常常把大人们弄得哭笑不得。不过，大人们倒是很乐意去款待这些天真烂漫的"小鬼"。所以，在万圣节前夜，那些孩子们总是把肚子塞得圆鼓鼓的，口袋里也装得满满的。

万圣节不仅仅是孩子们喜欢的节日，也是青年们的狂

欢日。他们会在这一天举办大型的化装舞会。现在，化装
舞会上的服装有各式各样的，不再是单调的大鬼小鬼的服
装了。人们还可以自己来制作万圣节的服装。要想制作最
简单的鬼服，你只需要把一张白床单罩在自己的头上，然
后在眼睛那抠两个洞就可以啦。要是想扮魔术师，就可以
穿上黑衣黑裤，再戴上一顶高高的礼帽，在头顶藏上一只
毛绒小兔备用。

母亲节的故事

在这个特殊的节日为母亲献上一束康乃馨，送上亲手做的小卡片……

　　每年5月的第二个星期天，是许多国家公认的母亲节。这个节日确立的背后，还有一个故事，这个故事发生在20世纪初的美国。

　　美国的安娜·贾伦斯女士一生都没有结婚，她一直陪

伴在母亲身边。1905年，母亲去世了，安娜为此伤心不已。1907年5月，安娜在母亲的祭日为她献上了一束康乃馨。这时她突然想，如果有一个母亲节，能够让人们多想一想母亲为家庭所付出的一切，那该多好呀。于是，安娜在朋友们的帮助下，开始写信给那些有影响的部长、商人、议员来寻求支持，想让母亲节成为一个法定的节日。这个建议竟被政府采纳了。于是，1908年5月10日，第一个母亲节就在西弗吉尼亚州和宾夕法尼亚州举行了。在这次节日里，康乃馨被选为献给母亲的花，并流传了下来。

后来，安娜想让母亲节推广到全国，就继续到处奔走，给国家议员、州长和各地有影响的人士写了上千封信。1913年，美国国会提议，将每年5月的第二个星期天作为母亲节，从此母亲节成了美国的法定假日。

父亲节的故事

多德夫人希望有一个父亲节，可以让人们表达对父亲的敬爱……

1909年，第二个母亲节又举行了。华盛顿有一位叫布鲁斯·多德的夫人，她看到人们都在庆祝母亲节，用各种方式来报答自己的母亲，突然产生了一个念头：既然有母亲节，为什么就不能有个父亲节呢？

多德夫人的这个想法其实并不突然，因为她和五个弟弟在很小的时候就失去了妈妈，他

们都是由慈爱的父亲一个人抚养长
大的。许多年过去了，姐弟六
人每逢父亲的生辰祭日，总
会回想起父亲活着的时
候辛苦操劳、养家糊口
的情景。所以，多德夫
人希望有一个父亲节，

可以让人们表达对那些慈爱的父亲的敬爱。

多德夫人的想法得到了拉斯马斯博士的支持，他让多德夫人给州政府写了一封言辞恳切的信，呼吁建立父亲节。多德夫人还建议将父亲节定在6月5日，因为，这一天是她父亲的生日。州政府采纳了她的建议，不过仓促间将父亲节定为了6月19日，也就是1909年6月的第3个星期日。

第二年，多德夫人所在的城市就开始正式庆祝这一节日。市长宣布了父亲节的文告，定这一天为全州的节日。从此以后，其他州也陆续开始庆贺父亲节。

在父亲节这天，人们选择特定的鲜花来表示对父亲的敬意。大家还采纳了多德夫人的建议，佩戴红玫瑰向在世的父亲们表示爱戴，佩戴白玫瑰则表示对已故父亲的悼念。后来，在温哥华，人们选择了佩戴白丁香，宾夕法尼亚人则选择用蒲公英来向父亲表示致意。

情人节的故事

瓦伦丁修士悄悄地为情侣们举行了婚礼，但他却被抓走了……

　　每年的2月14日，是西方传统的圣瓦伦丁节，又称"情人节"。

　　相传，在公元前3世纪的时候，古罗马有一位暴君，他叫克劳多斯。在离克劳多斯的王宫不远的地方，有一座非常漂亮的神庙。在那座神庙里住着一位名叫瓦伦丁的修士。那时，罗马的民众都对瓦伦丁修士非常崇敬。无论乞讨者还是富翁，无论老人还是小孩，他们都喜欢聚集在神庙里，围着祭坛里的熊熊圣火，聆听瓦伦丁的祈祷。

那个时候，古罗马的战争总是连绵不断，暴君克劳多斯就征集了大批男性公民，命令他们去前线参加战斗。那些被征入伍的已婚男人都舍不得离开自己的妻子和孩子。暴君克劳多斯就下令禁止年轻人在参战之前结婚，甚至还命令那些已经订婚的人马上解除婚约，生怕他们不能全身心地投入战争。许多年轻

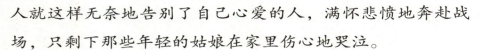

人就这样无奈地告别了自己心爱的人，满怀悲愤地奔赴战场，只剩下那些年轻的姑娘在家里伤心地哭泣。

一天，有一对情侣趁着天黑，偷偷跑到神庙里，他们找到瓦伦丁修士，向他求助："我们是那么相爱，可是却不能成为伴侣。请您告诉我们该怎么办吧。""现在就让我来为你们主持婚礼吧。"瓦伦丁修士对他们说。这对情侣高兴极了，可是他们又说："不行，如果让克劳多斯知道您帮我们主持了婚礼，他会伤害您的。"瓦伦丁修士早就对克劳多斯的暴行感到非常气愤，所以，他并没有畏惧，还是非常高兴地为这对情侣主持了婚礼。这个消息一传十，十传百，后来，就有越来越多的人来找瓦伦丁修

士，在他的帮助下结成了伴侣。

可是，这件事最终还是传进了克劳多斯的耳朵里，他气得暴跳如雷，立刻派士兵闯进神庙。这时，瓦伦丁修士正在为一对情侣举行婚礼仪式，那些士兵粗暴地带走了瓦伦丁，把他投进了地牢。地牢的典狱长有一个双目失明的女儿，可是瓦伦丁竟奇迹般地把她的眼睛治好了。当暴君听到这个奇迹的时候，感到非常恐惧，于是下令将瓦伦丁斩首示众。据说，在行刑的那一天早晨，瓦伦丁给典狱长的女儿写了一封情意绵绵的告别信，落款是：寄自你的瓦伦丁。当天，典狱长的女儿在瓦伦丁墓前种了一棵开红花的杏树，以寄托自己的情思，这一天

就是2月14日。

后来，人们为了纪念瓦伦丁——这位为了许多情侣的幸福而牺牲的修士，便把2月14日这一天定为"情人节"。

关于情人节的由来，还有一个更为古老的传说。

相传，约娜是罗马众神的皇后，她也被罗马人尊奉为妇女和婚姻之神。在古罗马时期，2月14日就是为了表示对约娜的尊敬而设的节日。而2月15日被称为"卢帕撒拉节"，它是祭祀约娜统治下的其他众神的节日。

在古罗马，年轻的男子和女子是不允许待在一起的，在平日里他们的生活要被严格分开。不过，在每年的卢帕撒拉节这一天，年轻的男子们就可以选一位自己心爱的姑娘，然后把她的名字刻在花瓶上。这样，等到第二年的2月14日这一天，那些男子就可以与自己选择的姑娘一起跳舞，庆祝节日。如果被选中的姑娘对那个男子也很有意，他们就可以继续交往，并最终坠入爱河，一起步入婚姻的殿堂。

后来，人们就把每年的2月14日定为情人节。

愚人节的故事

人们总是制造一些小恶作剧，被愚弄的人就被叫做"四月傻瓜"……

很早以前，法国就有了一个专门愚弄人的节日，那就是愚人节。关于愚人节的来历还有一个故事。

在1582年，罗马教皇格里高利十三世组织了一批天文学家，对历法进行了改革，废除传统的儒略历，制订了格里高利历，也就是我们现在世界上通用的阳历。法国在1752年也开始采用新历法，把1月1日作为新年的开始。可是，法国的一些守旧派反对这种改革，他们仍然按照儒略历，在4月1日这一天庆祝新年，互相赠送礼物。那些主张采用新历法的人就想对那些守旧派嘲讽一番。所以，他

们在4月1日这个虚假的"新年"，拿着假礼物送给那些守旧派的人，本来说送的是一盒糕点，可打开一看却成了石头。他们还会开假的招待会，等那些守旧派的客人都来了，却不见主人来接待，最后守旧派只能灰溜溜地离开。而那些聪明滑稽的改革派就会把上当的守旧派称做"四月傻瓜"。

法国人还经常把那些受人愚弄的人叫做"四月鱼"。这大概是因为四月的时候，小鱼才刚刚孵出来，它们还什么都不懂，所以就会毫无防备地吞进鱼饵，轻而易举地上了钓鱼者的钩。如果有人喊你"四月鱼"，你应该知道是什么意思了吧？

从1752年以后，每年的4月1日，人们就热衷于相互愚弄，引来了很多的笑话。这种愚弄人的做法竟在整个法国流行起来，后来逐渐成了法国的风俗。他们的愚弄也不再是恶意的嘲讽，而逐渐成为带来欢乐的调剂品。在18世纪初期，愚人节的风俗传到了英国，后来，英国早期的移民又把这个风俗带到了美国。现在，愚人节在很多国家都很流行，而且愚弄人的花招也不断翻新。

愚人节的时候，人们常常组织家庭聚会，他们先把房间布置得像过圣诞节一样。等客人一到，主人就马上拥抱他们，大喊着"圣诞快乐"！这让人感到非常惊奇又非常有趣。

在一些国家，人们常常在4月1日那天，举办非常特别的鱼宴。鱼宴的请帖，常常是用纸板做成的彩色小鱼。餐桌中间放上鱼缸和小巧玲珑的钓鱼竿，每个钓竿上系一条绿色飘带，上面挂着送给客人的礼物。那礼物可能是一个精巧的小鱼，也有可能是一个装满糖果的鱼篮子。当然，鱼宴上所有的菜也都是用鱼做成的。

愚人节的时候，除了鱼宴，还有一种假菜宴。在一次假

菜宴会上，第一道菜是"色拉"，即莴苣叶上撒满了绿胡椒，当人们把叶子揭开后，又发现下面原来是牡蛎鸡尾酒；第二道菜是"烤土豆"，其实下面是甜面包屑和鲜蘑；第三道菜是用蟹肉伪装成的烧鸡；第四道菜则是埋藏在西红柿色拉下面的覆盆子冰淇淋……吃完一道道令人惊奇的菜之后，客人们还可以从药盒里拿糖果吃。

愚人节最典型的活动还是大家互相开玩笑，想方设法来捉弄对方。有的人把用细线拴着的钱包丢在大街上，自己则在暗处拉着线的另一端。一旦有人去捡钱包，他们就出其不意地猛然把钱包拽走。还有人把破帽子扔在马路中央，并在帽子下面放上石头，然后等着看谁会来踢它。在这一天，小孩子们也会煞有介事地对爸爸妈妈说"我的书包破了一个洞"或者"快看，我的脸上有个黑点"之类的谎话。等爸爸妈妈弯下腰来看的时候，他们就一边喊着"四月傻瓜"，一边笑着跑开了。

4 第四章

QUWEI GUSHI

趣味故事

　　欢快的笑声让我们的生活更加愉快和多彩，一个个趣味十足的故事，不仅可以为我们带来欢笑，还可以增长大家的智慧。你看，举世闻名的苏格拉底、曼德拉，他们的风趣使气氛立即变得融洽，他们的幽默让人不禁捧腹大笑；爱吹嘘的小老鼠、不可一世的山羊、大惊小怪的兔子，既可笑，又很发人深省；海明威则用机智惩罚了坏人，真是大快人心。

　　从这些故事里，不仅能学会始终保持乐观幽默的态度，为我们的生活增添乐趣，也会使自己的心智更加聪慧。

爱吹嘘的老鼠

爱吹嘘的老鼠瞧不起狮子、牛和驴，但见到马的客人后……

　　从前，有一只非常爱吹嘘的老鼠，它总是喜欢四处夸耀自己的本领。有一天，这只小老鼠看到一匹马，它撇了撇嘴说："唉，老兄，说实在的，你空有这么大一副身架，本事却未必怎么样。别看我个子小，但是小巧轻灵，谁来了，我都不害怕。狮子怎么样？它号称百兽之王，可是我一钻进它的耳朵，它就得叫苦不迭。牛的样子很吓人吧？我常常钻到它的胯下咬它的疮疤，它除了跳几下以外，什么办法都没有。驴子大概是你的兄弟吧，我也常常弄得它通夜不得安宁。如果我咬它的背，它只能笨拙地踩几下脚。老兄，你有多大本事，敢不敢同我较量较量呢？"

"不敢，"马说，"我也怕你来咬我的疮疤。照你说的那样，在动物界，你肯定是最厉害的了！"

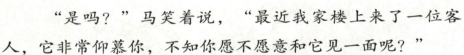

"这倒不假，"老鼠把脑袋仰得更高，拍了拍胸脯说，"任谁多么庞大，我都不把它放在眼里！"

"是吗？"马笑着说，"最近我家楼上来了一位客人，它非常仰慕你，不知你愿不愿意和它见一面呢？"

"它比牛大吗？"老鼠问。"不，"马回答，"它比牛小多了，而且看起来也没什么本事。昨天，我看到它和狗打了一架，它连狗都打不过呢！""是吗？那好。"老鼠满不在乎地说，"尽管叫它出来吧！"

"请快点出来吧，我的客人！"马仰起头对着楼上叫道。这时，一只猫从楼上应声跳了下来。老鼠一见，顿时吓得瘫倒在地上。

不自量的公羊

骄傲自大的公羊把角夹进了篱笆缝里，小动物们使劲帮它拔……

　　森林里有一头公羊，长得膘肥体壮。它那对又粗又长的犄角高高地挺立着，看上去别提多威风了。

　　采蘑菇的小白兔看见公羊走过来，忙停下手里的活儿向它打招呼。公羊却微微地瞥了一下眼睛，理都没理小白兔。它心里想："哼！你这个短尾巴的小东西，在我面前蹦跶个什么劲儿，我才瞧不起你呢。"

　　公羊又往前走，这时，正在树上玩耍的小松鼠看见它，也亲热地向它打招呼。公羊依然保持它那威武的神态，心里想："瞧你那没出息的样儿！一有个风吹草动就吓得甩着大尾巴跑了。我才不稀罕和你说话呢。"

　　公羊不论遇到谁，都不屑一顾，它越来越觉得自己就是世界上最强大的，任何东西在它的长角下都会不堪一击。公羊在绿油油的草地上昂首阔步地走着、想着，不知不觉走到了一道竹篱笆前。它轻蔑地看了看篱笆，心里说："小小篱笆也想拦住我，我不费吹灰之力，就能把你撞翻！"于是，它弯下脖子，四腿蹬直，猛地撞了上去。但事与愿违，篱笆纹丝没动，公羊的犄角却碰伤了。那两只犄角被紧紧地夹在篱笆缝里，进也进不去，出也出不来。公羊疼得腿都打弯儿了。它"咩咩"地叫唤着，希望有人来救它。小白兔看见了，叫来了小松鼠，小松鼠又叫来大公鸡……大家一起努力，终于把公羊从篱笆中拽了出来。公羊看着小动物们，脸腾的一下涨红了。

打雷以后必定会下雨

幽默机智的苏格拉底说："我早就知道，打雷以后必定会下雨。"

苏格拉底是古希腊著名的哲学家和教育家。可是他的妻子却是一个众所周知的悍妇，她性情急躁、心胸狭窄，经常不分场合地唠叨不休，甚至破口大骂，在很多人面前让苏格拉底难堪。

有一次，苏格拉底正在和几个学生讨论一个学术问题时，他的妻子推门闯了进来。她好像是遇到了什么不顺心的事，没处发泄，就冲着苏格拉底喋喋不休地大声叫骂起来。这种事情就像是家常便饭，苏格拉底早已经习惯了。他没有理会妻子的叫骂，继续和学生们讨论问题。

妻子见苏格拉底竟无动于衷，对自己理都不理，便更加恼火了。她大嚷着："好啊，你竟敢不理我？我让你不理我……"她一边嚷着，一边冲出门去。不一会儿，只见妻子提着一桶水回来了。她二话没说，抬起桶就把水泼到了苏格拉底身上，把他浇得浑身都湿透了，活像一只落汤鸡。

正站在一旁的学生们看到这种情景，都觉得非常尴尬，你看看我，我看看你，不知该说什么好。这时，苏格拉底却诙谐地笑了，他指着天空对学生们说："我早就知道，打雷以后必定会下雨。怎么样，我说得没错吧？"大家听了都欣然大笑起来，暗暗佩服这位智者坦荡的胸怀和高超的修养。苏格拉底的妻子听到这，也不好意思地笑了。

到后来，苏格拉底的学生很不解地问他："老师，您常教导我们要慈悲、忍让。可师母这样凶悍，您为什么不教化她呢？"苏格拉底说："正因为她如此凶悍，如果我连她都能够容忍了，那就能够容忍全世界的人了。"

大老虎找吃的

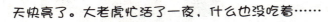
天快亮了。大老虎忙活了一夜，什么也没吃着……

一天夜里，一只大老虎出去找东西吃。它看到树丛里有团黑影在蠕动，就猛扑过去，"哇呜"一口咬了下去。"哎哟，痛死我了！你是谁呀？"大老虎痛得叫起来。"哈，我是刺猬。"小刺猬说道。"哎哟，我找错人了。"大老虎咧着嘴走了。

大老虎一步一步往前走，不一会儿，它又看到一团黑影。它大吼一声："你是刺猬吗？""不是。"黑影回答。"太好了！"大老虎猛扑过去，张开大口就咬下去。"哎哟，痛死了！你不是说你不是刺猬吗？"大老虎气恼地问。"哈哈，你只知道刺猬身上有刺，怎么不想想豪猪也有刺呀！"黑影大笑着说。

"唉，看来我真是一个大傻瓜！"大老虎拍着脑袋说。

钓鱼竿与颂扬信

收到海明威的信，梅西商店的老板立刻给他邮递了一副钓鱼竿……

　　海明威是美国著名的小说家，也是诺贝尔文学奖的获得者。1937年，海明威去了西班牙，并且在那里居住了一段时间。那时，海明威想利用休闲时间去钓鱼。可是他已经习惯了用纽约梅西商店的鱼竿，于是，他给梅西商店的老板写了一封信，要求邮购一副鱼竿，并且把买鱼竿的钱也一起寄去了。可是梅西商店那边一直都没有回信。于是，海明威又写了一封信：

"11个星期以前，我向你们订购了一副钓鱼竿，并将钱如数寄去。可你们为什么既收下我的钱又占有了我的鱼竿？你们打算用我的鱼竿去钓鱼吗？如果是这样的话，请给我寄鱼来。因为这鱼是用海明威的鱼竿钓的……"梅西商店的老板收到这封信后，马上就给海明威寄来了鱼竿。

海明威回到美国后，他的声望更高了，所以，一些官员总想利用他。有一次，一个议员想请海明威替他写一篇颂扬文章，好为他竞选州长多拉些选票，海明威当场答应了。第二天，那位议员收到了海明威寄来的一封信，他非常高兴，急忙拆开一看，里面装的竟是海明威夫人写给海明威的一封情书。议员以为是海明威匆忙中弄错了，便把原件退回。没过多久，海明威又让人送来第二封信。议员打开一看，竟是一张遗嘱。于是，他就亲自去找海明威，想问一问究竟。海明威风趣地对他说："我家里除了情书，就剩下遗嘱了，你还想让我拿什么东西给你呢？"议员只得打消了让海明威帮他写文章的念头。

独眼岛

懒汉想去骗独眼人，没想到却被独眼人给骗了……

海边的小村子里住着一个懒汉。他整天无所事事，却梦想着有朝一日能够发大财。

有一天，懒汉听说邻近岛上的人都是独眼，高兴极了。他想："我去骗一个独眼人过来，把他关在笼子里展览，这样肯定能赚很多钱，因为大家都会对这样的怪物好奇的。"

于是，懒汉便划船去独眼岛了。他一靠岸，马上就看见了一个独眼的人。"财富向我走来了！"懒汉心中大喜。他向独眼人行个礼，装出微笑的样子说："见到您很荣幸。"独眼人用自己唯一的眼睛打量了一下懒汉，然后也微笑着说：

"见到您我也很荣幸。"懒汉说:"我想请您到我家去做客。"独眼人说:"我非常荣幸地接受您的邀请。但我家离这不远,还是先请您到我家去坐坐吧。"懒汉为了骗得独眼人的信任,就同意了。

懒汉刚走进独眼人的家里,独眼人就吩咐家人:"赶快把他捆上,别让他跑了。"很快,懒汉就被捆得严严实实。这时,那个独眼人高兴地说:"我们的苦日子结束了!我们把这个怪物关在笼子里,去展览赚钱。每个人都会想来看一看这个两只眼睛的人的!"

就这样,懒汉成了独眼人展览挣钱的工具。

赶走尴尬

曼德拉虽然受尽磨难，但他非常乐观、风趣，总是能让尴尬走远……

　　南非前总统曼德拉是一个风趣幽默的人。在他的一生中，有二十七年被关押在荒凉的罗本岛监狱里，那段时间他几乎与世隔绝。但曼德拉非常积极、乐观，在漫长的牢狱生活中锤炼培养了豁达、风趣的品格，能够笑傲苦难。

　　1975年，曼德拉已经被关押了十二年了，他好不容易才得到当局的允许，与自己的女儿见上一面。曼德拉入狱的时候女儿才三岁，现在都已经十五岁了，她对父亲已经一点印象都没有了。曼德拉为了在女儿面前有一个好的形象，特意穿了很整齐的衣服，还理了理发。

看守把曼德拉的女儿带到他面前，然后站到了一边，密切地监视着他们。曼德拉看到女儿的表情有点不自然，眼睛里有些湿润，好像要哭了，就指了指寸步不离的看守，微笑着对女儿说："孩子，不要为我担心，你看爸爸还有卫兵呢。"

女儿知道爸爸是为了缓解她的紧张情绪才这样说的，不过，她也从这风趣的话语中看到了爸爸的坚强和乐观，也看到了爸爸的伟大和不凡。

1990年，曼德拉被释放出来，并于四年后当选了南非的总统。曼德拉当总统后，有一次，在一个重要会议上，他不小心把讲稿的页码顺序弄乱了。这本来是一件很尴尬的事情，但是曼德拉却没有因此烦躁，他一边整理讲稿一边风趣地对大家说："你们要原谅一个老人把讲稿的页次弄乱。不过我知道以前有一位总统，也曾经把讲稿弄乱。但是与我不同的是，他竟没有发现而是照样往下念。"

听了他的话，会场顿时响起经久不息的掌声，而由演讲中断而带来的尴尬气氛也随之烟消云散了。

高科技手表

赶飞机的人虽然觉得有点贵，但他太喜欢这块手表了……

在飞机场的候机大厅里，有一个人急匆匆地往前走，看来他是要赶飞机。"今天真是太匆忙，忘记带手表了，也不知道现在几点了。"那人擦了擦额头的汗，向四周望了望，他想找个人问问时间。这时，他看见一个人提着两个巨大的手提箱吃力地走过来，那人的手腕上戴着一块精

致漂亮的手表。

"请问，几点了？"赶飞机的人走上前问道。

"你想问哪个国家的时间？"戴手表的人反问。

"哦？"赶飞机的人感到很好奇，"你都知道哪些国家的时间呢？""所有的国家。"戴手表的人回答。"哇！那可真是一块好手表呀！"赶飞机的人惊奇地说。"还不止这些呢，这块表还能连接卫星信号，可以随时收发电子邮件、传真，这个彩色的屏幕还可以收看各种电视节目！""啊！真是太神奇了，我真想拥有一块这样的手表，您可以把它卖给我吗？"赶飞机的人眼中充满了期望。"说实话，我已经烦透这块表了，这样吧，900美元卖给你，怎么样？"赶飞机的人虽然觉得有点贵，但是他太喜欢这块表了，马上掏出钱，给了那人900美元："成交！""好的，现在，它现在就是你的了。"那人如释重负，把手表递了过去。然后，他指着地上的两个大箱子说："这两个箱子里面都是手表的电池！"

赶飞机的人顿时傻了眼，就在这时，大厅里飘起了广播员甜美的嗓音："去往纽约的航班已经起飞了。"赶飞机的那个人一屁股坐在了地上。

"咕咚"来了

"咕咚"一声，木瓜掉进了湖里，小兔子吓得拔腿就跑……

　　有一天，三只小兔子在湖边玩耍时，忽然听见"咕咚"一声，它们吓得拔腿就跑。

　　小狐狸看到了，就问："小兔子，你们怎么了？"

　　小兔子们边跑边喊："'咕咚'来了，快跑呀！"

　　小狐狸听了，也紧跟着跑了起来。小猴看到它们跑得这么急，抓了抓耳朵，问："喂，小兔子和小狐狸，你们跑这么快，干吗去呀？"

　　"'咕咚'来了，快跑呀！"小兔子们和小狐狸一起喊。"啊？真的吗？"小猴立刻从树上跳下来，也跟在后面跑起来。不一会儿，小兔子们的身后就跟了一大群动物。它们一边跑一边喊："'咕咚'来了，大家快跑啊！"

　　它们的喊声惊动了森林之王狮子。狮子大吼了一声问："出什么事了？"

　　小兔子们站出来说："湖边有一个可怕的怪物，它发出的声音'咕咚'、'咕咚'的，我们就吓跑了。"

　　狮子说："有这样的事？大家跟我来，我倒要看看'咕咚'是个什么东西，竟然把你们吓成这个样子！"

　　在狮子大王的带领下，大家一起走向小兔子们所说的那个湖。当大家离湖边只有几步远时，突然听到"咕咚"一声，小兔子们吓得又嚷道："'咕咚'又来啦！"

　　狮子警惕地注视着周围的一切。就在这时，又听见"咕咚"一声，大家仔细一看，原来是湖边木瓜树上的木瓜成熟了，掉进水里发出了"咕咚"的声音。动物们都哈哈大笑起来，三只小兔不好意思地低下了头。

公主的猫

国王贴出布告寻找猫，可是人们却送来了山羊、猫头鹰和老虎……

从前，在一个荒僻的小岛上有一个国家，那里从来都没有猫。这个国家的人也都不知道猫是什么样子的。有一次，一位外国客人带来一只小猫，把它送给了国王的小女儿。小公主别提多喜欢这只小猫了，天天和它在一起玩。

可是有一天，小猫突然不见了，王宫里都翻遍了也找不到。小公主急得大哭起来。国王连忙派人贴出布告。布告上写着："公主的小猫丢了，谁要是找到那只猫，并把它送到王宫，就奖励他一万两黄金。小猫的特点是：别看

年纪小，胡子可不少。"第二天一早，有人来领奖了。国王一看就傻眼了，那人送来的竟是长着一大把长胡子的山羊。

看来第一张布告没把猫的样子写清楚。国王又让人贴出第二张布告，上面写着："小猫的特点是：会上树，还能捉老鼠。"不一会儿，又有人来领奖了。国王一看，那人带来的是一只猫头鹰。看来用文字描述很难说清楚。国王赶紧让人画了一幅猫的画像，旁边写着：这就是猫。很快，就有几个人抬着大铁笼子来领奖了，笼子里的动物和画上的猫长得一模一样，只不过个头要大得多。国王一看，这哪是猫呀，分明就是一只大老虎！

公主找不到心爱的猫，坐在窗前伤心地哭起来。忽然，传来一阵熟悉的叫声——喵！喵！公主把眼泪擦干，看到她心爱的小猫跑到自己身边，于是把它抱了起来。国王拍拍脑袋笑着说："我怎么就没想到呢？'喵喵'叫才是小猫最大的特点啊！"

固执的神父

神父坚信上帝会来救他，结果还是被洪水给淹死了……

　　大雨下了七天七夜，突然山洪暴发，洪水开始淹没城市。一个教堂很快就被洪水围住了，神父还躲在里面祈祷，他坚信上帝一定会来拯救他。

　　当洪水没过神父的膝盖时，一个救生员驾着小船来到教堂，对他说："神父，快上船吧！"神父说："上帝会来救我的，你先去救别人好了。"说完，他又继续祈祷。救生员没办法，只好离开了。

　　过了不久，洪水已经淹过神父的胸口了，神父只好站到祭坛上去，勉强维持一会儿。这时，一个警察开着快艇过来，对他

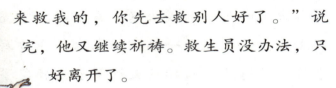

说："神父，快上来，不然你会被淹死的！"神父坚定地说："你先救别人吧，上帝一定会来救我的。"

又过了一会儿，洪水已经把整个教堂淹没了，神父只好紧紧抓住教堂顶端的十字架。这时，一架直升飞机缓缓地飞过来，飞行员丢下了绳梯之后大叫："神父，快上来。我们可不愿意见到你被洪水淹死！"可是，神父还是很坚定地说："不，我相信上帝一定会来救我的！"

洪水滚滚而来，固执的神父终于被淹没在水里了……

神父死后上了天堂，见到上帝后很生气地说："主啊，我一生都对您那么忠心，您为什么不肯救我？"上帝说："谁说我不肯救你了？第一次，我派了小船去救你；第二次，我又派了一只快艇去；第三次，我派了一架直升飞机。结果你每次都拒绝。所以，我以为，你是急着想要来陪我……"

锅死掉了

爱占小便宜的邻居得到了一口小铁锅，却失去了一口银锅……

　　贾比尔的邻居非常爱占小便宜。他经常放着家里的器具不用，跑过来向贾比尔借，而且经常忘了归还。贾比尔决定要好好惩罚他一下。

　　一天，贾比尔敲开邻居家的门，说："我家的锅坏了，能借您家的锅用一用吗？"邻居想到自己经常向贾比尔借东西，不好拒绝，就拿出一个生锈的铁锅递给贾比尔。贾比尔什么也没说，抱着铁锅就回家了。过了几天，贾比尔来还锅了，而且还另带了一口小铁锅。邻居指着小铁锅问："这是什么呀？"贾比尔说："您上次借给我的锅是一口怀孕的母锅，它到我们家两天后就生了这口小锅。"邻居听了非常高兴，便对贾比尔说："以后要用锅，尽管来拿好了！"

过了几天，贾比尔又到邻居家来借锅。邻居心想：上次借给他一口铁锅，结果赚了一口小铁锅；这次如果借给他一口银锅，那不是可以赚回一口小银锅吗？于是他把一口银锅借给了贾比尔。

过了很长时间，贾比尔还没去还锅。邻居忍不住了，就跑去向贾比尔讨要。谁知贾比尔悲痛地对他说："真是对不起，您的那口锅已经去世了。我正要去给您报丧呢。"邻居惊讶地把两只眼睛瞪得溜圆，大嚷道："那锅又不是活的，怎么会去世呢？"贾比尔回答："唉，我的好邻居，你难道忘记了吗？上次那口锅生孩子，您深信不疑，那为什么这次就不相信锅会死掉呢？"

115

寒号鸟

"哆啰啰，哆啰啰，寒风冻死我，明天就垒窝。"

夏天到了，小鸟们在茂密的大森林里举行了选美大赛。寒号鸟夺得了大赛的冠军。于是，它骄傲起来，整天到处炫耀。

很快秋天就到了，几阵秋风吹过，树叶纷纷飘落。小鸟们都开始忙起来，它们有的结伴飞到南方去，准备在那里度过温暖的冬天；有的整天忙着修巢搭窝，储藏食物，准备好过冬的一切。可是只有寒号鸟，它既不想飞到南方去，又不愿垒窝，只是一个劲儿地自我欣赏。

在石崖前有一棵大杨树，杨树上住着喜鹊。有一天，天气晴朗。喜鹊一早就忙着垒巢。石崖上有一道缝，寒号鸟就把那里当成自己的窝。喜鹊对这位邻居说："寒号鸟，天气这么好，赶快垒窝吧。" 寒号鸟不听劝告，回答："太阳这么好，还不如睡上一觉呢。"

冬天说到就到了，寒冷的北风呼呼地刮着。寒号鸟在崖缝里冻得直打哆嗦，它悲哀地叫着："哆啰啰，哆啰啰，寒风冻死我，明天就垒窝。"第二天清早，风停了，太阳又暖烘烘的。喜鹊又对寒号鸟说："寒号鸟，趁着天气好，赶快垒窝吧。"寒号鸟忘记了昨天的痛苦，回答说："太阳这么好，正好睡个懒觉呢。"于是，它伸伸懒腰，又睡大觉了。寒冬腊月，大雪纷飞，漫山遍野白茫茫一片。北风像狮子一样狂吼，崖缝里冷得像冰窖。就在这严寒的夜里，喜鹊在温暖的窝里熟睡，寒号鸟却发出最后的哀号："哆啰啰，哆啰啰，寒风冻死我，明天就垒窝。"

可是，寒号鸟却没能坚持到第二天，就冻死了。

猴子种葡萄

猴子去向农夫学种葡萄，可是它种的葡萄秧苗却总也活不了……

　　有一只猴子很喜欢吃葡萄，每次看到葡萄园里一串串成熟的葡萄，它就馋得直流口水。可是，那葡萄园里总有人看管着，根本就没有办法进去摘。猴子就想："为什么不自己种棵葡萄树呢？那样不就想吃多少就吃多少了吗？"想到这，猴子高兴得上蹿下跳。可是没一会儿，它又抓耳挠腮起

来，因为它还不知道该怎么种葡萄呢。于是，猴子决定去向农夫学习。

　　猴子来到一户农家的葡萄园里，看见农夫正在给葡萄浇水，猴子心想："原来种葡萄需要水，这还不容易！"于是，它把葡萄秧苗插进河里。几天后，那葡萄秧竟在水中泡烂了。猴子很沮丧，心想：看来我应该再去向农夫学一学。

　　猴子又来到葡萄园里，它见农夫正在给葡萄施肥，便恍然大悟："哦！原来种葡萄需要肥料！"于是，它把葡萄种在粪堆上。几天后，猴子来到粪堆旁，想看看葡萄秧长得怎么样了。结果，摆在它眼前的是一棵枯黄的干草，原来秧苗早就被烧死了。

　　猴子纳闷了，怎么又错了呢？它又来到葡萄园里。这时已到了冬天，它看见农夫正用稻草把葡萄秧包起来埋在地下。猴子若有所悟地说："哦！怪不得我的葡萄会死掉，原来葡萄害怕寒冷啊！"

　　第二年春天一到，猴子就用稻草把葡萄秧苗包得严严实实，然后学着农夫的样子埋在了地下。可是，直到冬天，它的秧苗也没有从土里钻出来。

狐狸分饼

两只小猫为争一块饼吵起来，这时，一只狐狸走过来……

　　两只小猫一起走在路上，一只小猫说："一天没吃东西了，我的肚子都咕咕叫了。"另一只小猫说："是呀，我的肚子也瘪下去了。"正说着，突然它们看到前边路上有一块大饼。两只小猫一下子蹿了过去，它们同时扑到大饼上，又一起抓起大饼。"这大饼是我先拿到的，应该归我！"一只小猫喊。

"不，是我先发现的，应该归我！"另

一只小猫也不甘示弱。它们俩一边把大饼东扯西拽，一边争吵个没完。

这时，一只狐狸正好从这里路过。它看到两只小猫手里的大饼，两只眼珠骨碌转了一下，就走上前问："两个小家伙，你们在争什么呢？""是狐狸伯伯呀，请你评评理，它想抢走我发现的大饼！"一只小猫抢先说道。"这是我先抢到的！"另一只小猫也忙辩解道。"噢，我来帮你们分大饼吧！"狐狸说。两只小猫欣然同意了。

狐狸拿过大饼，将它掰成两半。正要分给两只小猫，可是一只小猫喊了起来："不行，你左手里的比右手里的大。""是啊！这样分起来就不公平了！这样吧，我把左手多的部分咬去，这样两边就一样大了。"说完，狐狸把左边手里的饼咬去了一大块。"不行，右手的又比左手的大了。"另一只小猫又叫了起来。"那再把右手的咬去一些。"狐狸又咬了一大口右手里的饼。"可是左手的又大了。"狐狸又在左手的饼上咬了一口。就这样，狐狸左一口，右一口，一会儿手里的饼就没影了。"这样就公平了，你们谁也不比谁多了。"狐狸摊开双手，打了个饱嗝说。两只小猫看着两手空空的狐狸，都傻了眼。

狐狸和鹤

狐狸本想去鹤的家里享用美餐，最后却饿着肚子……

有一天，狐狸送了一张邀请函给鹤，上面写着："晚上请到我家用餐。"鹤很高兴，就去赴约了。可等到了狐狸的家里，鹤才发现，狐狸仅仅用豆子煮了一点汤，还装在浅浅的盘子里。盘子太浅了，鹤那张又尖又长的嘴巴，连一口汤都喝不到。而狐狸呢，却叽里咕噜地把汤都给喝完了，还一边咂吧着嘴，一边偷偷地笑。

过了两天，狐狸也收到一张请柬，鹤请他去吃晚饭。

狐狸一看高兴极了，兴冲冲跑到了鹤的家里。鹤端出许多食物请狐狸品尝，可狐狸却什么也没吃到。原来，鹤把所有的饭菜都装在了细口的长颈瓶里，狐狸那张大嘴根本伸不进去！最后，狐狸只好饿着肚子回家了。

虎与刺猬

老虎领教了刺猬的厉害后，看到毛茸茸的榛子竟也吓得拔腿就跑……

一天晚上，老虎觉得肚子有点饿了，便跑到野外去找东西吃。走了一会儿，老虎看到前面的草地上有一块粉红色的肉，便猛扑上去，张开大口就咬。可是，这哪里是什么肉啊，原来是一只正躺着睡觉的刺猬。它露出粉红色的肚皮，老虎还以为是一块肥肉呢。刺猬被老虎这么一咬，给疼醒了，不由地蜷缩起身子，它身上的刺刚好扎进了老虎的鼻子。老虎被

这突如其来的袭击吓了一跳，以为是什么怪物，便连忙左右摆着大脑袋，想把它甩掉。谁知刺猬越卷越紧，怎么甩也甩不掉。老虎又痛又怕，吓得四处乱跑……

老虎跑了好久，感觉已经没有力气再跑了，便无可奈何地停了下来。刺猬见老虎精疲力尽了，这才舒展开身体，放开老虎的鼻子，急匆匆地逃走了。

老虎见鼻子上的"怪物"跑开了，心情逐渐平静下来，过了一会儿，它又开始找吃的了。老虎低着头一路寻找，猛地看见地上躺着一个毛茸茸的橡子。老虎不知道橡子其实是栎树的果实，看到它浑身毛茸茸的刺，还以为这又是只小"怪物"。老虎又有点害怕起来，怕自己的鼻子又要被这只小"怪物"卷着了。它赶紧客客气气地对橡子说："我刚才遇到您的父亲了，他的本领我已经领教过了。现在我不和小兄弟您计较了，还是希望您能高抬贵手，赶紧放我走吧！"

老虎见橡子半天没吱声，心想："它是不是生气了？万一他父亲一会儿来了，我可就没命了！"想到这，老虎像火烧了尾巴一样跑远了。

5 第五章

名人故事

　　本章主要由民间传说中著名人物的小故事组成。聪明伶俐的一休小和尚、机灵幽默的吉四六、为官清廉的佩库都是日本著名的机智人物，他们的故事里饱含着智慧；突尼斯的贾找毛驴和为猫称重量的故事也脍炙人口；阿拉伯的哈米拉、朱哈和阿布·纳瓦斯的精彩小故事同样颇为经典；还有印度比尔巴的故事、西亚的霍加和毛拉的故事等都别开生面。

　　这些名人故事不仅能让人体会到不同民族的异域风情，也能让人感受到这些机智人物所拥有的共同品质。希望大家能通过阅读精英人物的故事，领略他们的过人智慧，学习他们的杰出品质。

一休的故事

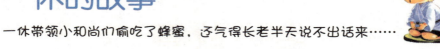
一休带领小和尚们偷吃了蜂蜜，还气得长老半天说不出话来……

很久很久以前，日本的京都城里有一座庙，庙里新来了一个小和尚。这个小和尚叫一休，他还不到10岁。

因为一休刚刚出家，所以庙里的长老总是随便使唤他。有一天晚上，大家刚念完经，都准备去睡觉了，长老在后面喊：

"一休啊，去把佛像前面的蜡烛都灭了。"在经堂里的佛像前有一大排蜡烛，要把它们都灭掉，真是一件挺麻烦的事。但一休还是赶忙去做了。"噗，噗，噗！"蜡烛被一休一根一根地吹灭了。一休刚从经堂里出来，就被长老叫去了。

"一休啊，你是怎么把火灭掉的呀？"

"长老，我是用嘴吹灭的。"

"什……什……什么？"长老生气极了。

"佛像前的火怎么能用嘴吹灭呢？要知道，地上凡人吐出的气不干不净，是肮脏之物。你应该用手扇。"说着，长老的手像扇子一样地扇起来。

第二天早上，早课开始了，长老跪在最前面，念起经来了。在他身后，一排小和尚跟着念经。念着念着，小和尚们都"嘻嘻嘻"地笑了起来。长老回头一看，脸气得煞白，大嚷道："罪过呀，罪过！屁股冲着佛，可是要遭惩罚的呀！"可是一休却不慌不忙地说："不，该遭惩罚的是您，长老。""你说什么？一休！"长老更加生气了。

"您昨天不是说过了吗，凡人的气不许吹到佛身上。现

在，您却冲着佛念起经来，气不都吹到佛身上了吗？""我……我……"长老被一休质问得哑口无言了。

有一天，一个小和尚从长老房间回来，对其他小和尚说："长老真狡猾呀！刚才，我进他房间时，见他急急忙忙地往桌子底下藏一个大罐子，他还赶忙擦嘴巴呢。那罐里装的肯定是好吃的，他一个人在偷吃，不让我们知道。"一休听后，说道："好，我去把这件事搞清楚！"

到了深夜，大家都睡着了。一休悄悄爬起来。他蹑手蹑脚地走到长老的门前。房间里的灯还亮着。一休透过拉门的缝隙，往里一看："哈！真的呀，是蜂蜜，肯定很好吃。" 看到长老刚刚伸出舌头要去舔蜂蜜，一休就故意用头撞了一下拉门。这一撞可把长老吓了一大跳，他满脸惊慌地瞅着门外。"谁呀？谁在那儿？"长老问。"啊，我，我是一休。"说着，一休一下子把拉门拉开了。

这时，长老想藏罐子也来不及了，于是假装镇定地问："这么晚了还来干什么？"

"起来去尿尿。"

"那还不快去！尿完了快回去睡！"

一休故意问："长老，这罐子里装的什么呀？"

"哦，哦，这，这是……是毒药。"

一休假装吃惊地说："啊，原来是毒药！"

接着，一休道过晚安，就回去睡觉了。

第二天，长老出门讲经去了。一休立刻把小和尚们叫到了一起，说："走，吃蜂蜜去喽！"于是，大家一起进了长老房间，从桌子底下掏出了罐子。一休先尝了一口："嗯，原来真是蜂蜜呀！长老净撒谎。"

接着，一帮小和尚七嘴八舌地吵着："我尝点，我尝点！"

"好吃！好吃！"

转眼之间，蜂蜜罐子就空了。

"啊，全没了！"小和尚们又惊又怕，脸都白了。

一休却不在乎，他领着大伙来到客厅，搬出一个漂亮的瓷瓶，往地上一扔，摔碎了。"啊！"小和尚们都惊恐地望着一休，"这可是长老的宝贝啊！"一休却没有半点惊慌，他说："好好听着，咱们就这样说：这个瓷瓶是大伙玩的时候不小心打碎的。"一休说完，带领大家把褥子扔到了地上，把桌子推翻。把这屋子里弄得乱七八糟的，就好像刚刚在这儿打闹过一阵似的。

"好了，到时候了，长老快回来了。"说完，一休领着大伙围坐在长老的屋子中间，又对大伙说："从现在开始，我们就开始哭。装作是咱们碰碎了珍贵的瓷瓶，为了赎罪，想一起自杀。"

于是，小和尚们都装模作样地哭起来了。

不一会儿，长老回来了。他看到自己的宝贝瓷瓶碎了，就高声骂道："谁干的？谁干

的？"那吼声好像钟声一样，在寺庙里回响。他看到小和尚们正哭作一团，蜂蜜罐子空着，倒在地上。于是，他赶紧又问："怎么了？到底发生了什么事情！"

一休走上前，略带哭腔地说道："长老，请饶恕我们吧。趁您不在，我们玩起来了，结果闹得太凶了，不小心把您心爱的瓷瓶打碎了。我们想用死来赎罪。"

长老吃了一惊："什么？用死来赎罪？"

"是的！所以我们就吃起罐子里的毒药来了。奇怪的是，我们都吃光了，也还是没有死掉。"

长老一听，就知道糟了，又上一休的当了。他无奈地摆摆手，说："算了，算了，放心吧，你们死不了，都回去吧！"

可是一休却说："不，让我们死吧！请把这种厉害的毒药再拿出一罐来，给我们吃吧！"

吉四六的故事

听了吉四六的话，村长气得晕了过去，再也没有醒过来……

吉四六是日本著名的机智人物。有一次，他们村的那个恶霸村长生病了。一大早，村民们就都去探望村长。

吉四六到了傍晚才去村长家。村长问他："吉四六，你怎么这么晚才来？"吉四六忙说："村长大人，我一大早就进城为您找医生去了，所以这么晚才来。"村长听后

很高兴，还称赞吉四六很机灵。

　　过了一些日子，村长的病情加重了，大家又拿着礼品去看望，这次还是吉四六到得最晚。村长问他："吉四六，你把医生请来了吗？"吉四六回答："本来医生要来的，但是我又让他回去了。因为这回我想您大概怎么也救不活了，所以我就到棺材铺给您定做了一口棺材，还请了念经的和尚。"听了他的话，村长气得晕了过去，再也没有醒过来。

　　吉四六家很穷，常常是吃了上顿没下顿。有一次，村里财主家办喜事，托吉四六去镇上买鱼。吉四六办完事后，财主给了他三四条鱼作为酬谢。吉四六把鱼拎回了家。妻子见到鱼非常高兴，美滋滋地盘算着怎样用鱼做出美味的菜来。吉四六却满脸愁容，两眼直瞪着鱼看。突然，他大喊一声："偷饭贼！"说着，他竟把鱼使劲扔在地上。妻子惊慌地问："偷饭贼在哪儿？"吉四六仍直盯着鱼，愤愤地说道："拿这样香的鱼下饭，我们起码要多吃两倍的饭，所以这些鱼纯粹是偷饭贼！"

贾的故事

贾的毛驴被人偷了，他站在村子里的大街上，气势汹汹地喊起来……

　　贾是突尼斯著名的机智人物，突尼斯民间流传着很多关于贾的精彩小故事。

　　有一天，贾的毛驴被人给偷了。于是，贾站在村子里的大街上，气势汹汹地喊起来："谁偷了我的毛驴，赶快给我还回来！不然我可要像我父亲那样做了！"偷驴的人听了，不知道贾到底会怎么做，他越想越害怕，赶忙把驴

还了回去。村里人都很好奇，忙去问贾："你的父亲丢了毛驴以后，到底是怎么做的？"贾嘿嘿一笑，说："很简单，再去买一头毛驴呗。"大家听了哄堂大笑。

有一次，贾做生意赚了点小钱，想改善一下生活，就买了三斤牛肉回家。第二天，贾出门前对妻子说："今天你把牛肉给炖好，晚上我回来咱们一起吃。"妻子说："好的，你放心吧。"没想到，妻子早早就把牛肉炖好了，那牛肉真是香气扑鼻，肉色鲜嫩。妻子禁不住美味的诱惑，就一个人把香喷喷的牛肉全都吃光了。

天黑了，贾回到家，对妻子说："牛肉炖好了吗？快端过来一起吃吧。"妻子却皱着眉头说："我早把牛肉炖好了，可惜刚刚被小猫都给偷吃了。"贾一听就知道妻子说了谎。于是，他把秤取来，称了称猫的重量。凑巧的是，猫正好有三斤重。贾就生气地问道："如果这三斤是肉，那么猫到哪儿去了？如果这三斤是猫，那么肉又到哪儿去了呢？"妻子听了非常羞愧，不得不向贾承认了错误。从此，贾的妻子再也不敢说谎了。

哈米拉的故事

说来也巧，有一天，哈米拉出门去办事，也赶上了大雨……

　　哈米拉是阿拉伯有名的智者。有一天，屋外下起了瓢泼大雨，哈米拉待在家里，他没有别的事情可以做，就搬了一把椅子，坐在自家的门口，望着外面。

　　路上的行人很少，大概都在家里躲雨呢吧。就在哈米拉觉得无聊的时候，突然，他看见一个邻居正拼命地往家里跑。这个邻居平常总是爱占小便宜，上个月还借了哈米拉的钱，但是一直都没还，哈米拉早就想整治他一下了。

　　哈米拉看到邻居的狼狈样，心里暗暗高兴。他眼珠一转，想到了一个捉弄他的好办法。

于是，哈米拉大声叫住邻居：
"你为什么跑呀？" "不跑
不就被淋成落汤鸡
了吗？"邻居回答。
"啊！"哈米拉
故作惊讶地说，
"看你说了什么
话！雨可是真主的恩
赐，你难道要躲避真主的恩赐吗？"邻居听后，觉得自己
如果再跑，好像真的会得罪真主似的，就放慢脚步，一步
一步地走回了家，没到家全身就被淋得湿透了。

　　说来也巧，有一天，哈米拉出门去办事，大早上还阳
光明媚，可到了中午，天却下起了大雨。这时，哈米拉正
走在回家的路上，他一看雨点下来了，就急忙往家里跑。
那个邻居正趴在窗前看雨，正好看到哈米拉在路上飞奔，
他那袍子的下摆都被风掀了起来。邻居心想："哈哈，这
回我可有机会报复你了，让你也尝尝淋雨的滋味。"于
是，他大声地喊道："哈米拉，难道你忘记了自己说过的
话吗？你这是在躲避真主的恩赐啊，你怎么能对真主这样
不尊重？" "不，我的好邻居，"哈米拉边跑边说，"我
是怕踩到了真主的恩赐，所以赶紧跑开的。"

朱哈的故事

朋友听了朱哈的话，赶紧给朱哈换了把大调羹……

在阿拉伯地区的民间，流传着许多关于智者朱哈的故事。有一次，朱哈路过一家理发店门口时，摸了摸自己的头，觉得头发太长了，就走进那家理发店，想理理发。可是，剃头匠的手艺真是太差了，把朱哈的头皮弄破了好几

处，每剃破一处就赶紧用棉花按住伤口。不一会儿，朱哈的半边头上就粘满了棉花。朱哈实在忍不住了，气呼呼地站了起来。剃头匠赶忙说："忍一忍，马上就要剃完了。"朱哈说："不能再忍了！我这脑袋可是个风水宝地。你已经在我的半个头上种满了棉花，我的另半个头还得留着种亚麻呢！"

　　有一天，一位远方的学者来到了朱哈的村子里。这位学者说自己上知天文，下晓地理，这世界上没有人能比得上他。村民们有点不相信，学者就问他们："你们村里谁的学识最渊博？让我来考考他。"村民纷纷回答："是朱哈，他是我们村里最有学问的人。"那位学者很不服气，他找到朱哈，说："先生，听说你学识渊博，我有四十个问题，你能用同一个答案来回答这四十个不同的问题吗？"朱哈毫不在意地回答："请说吧。"学者一口气把四十个问题说了一遍。朱哈刚一听完就立即回答："我全——不知道。"这位学者听到这个答案，顿时哑口无言，灰溜溜地离开了村子。

一个大热天，朱哈到朋友家里做客。主人端上了一大盆加了冰块的杏子露，然后递给朱哈一把小小的金调羹，自己则拿了一把大大的铜调羹。朋友对朱哈说："尊贵的客人就应该用最精致的调羹。"然后，两人开始舀杏子露喝。主人一舀就是一大口，每咽下一口都说一声："啊，好喝死了！"朱哈使劲地舀，但是每次只能舀到一点点，刚够舌头舔一舔的，所以心里很不痛快。他看到朋友那满足的表情，忍不住对他说："请你给我换个大调羹，让我也死一下吧！"朋友听了不禁开怀大笑，赶紧给朱哈换了把大调羹。

还有一次，朱哈帮县官办妥了一件事。县官就问朱哈想要些什么报酬。朱哈说："老爷，我想请你写个命令，让每一个怕老婆的人都向我缴纳一头驴。"县官觉得可笑，心想："你怎么会知道谁怕老婆呢？就算人家怕老婆，也不会在你面前承认呀。我看朱哈肯定一头驴也弄不来。"不过，县官还是亲笔写了一个命令，把它交给了朱哈。

于是，朱哈拿着命令到处转，找到一个怕老婆的人，他就出示一次县官的命令，并征收一头驴。没过多久，朱哈就赶着一大群驴回来了。县官感到非常吃惊，心里嘀咕："朱哈怎么能找到那么多怕老婆的人呢？"

第二天，朱哈去见县官，向他陈述沿途的所见所闻："老爷！这次出门我遇见了一个绝色美人。她面似满月，唇红齿白，体态轻盈，妖媚多姿，温柔典雅，又多才多艺。我已经瞒着别人偷偷给您弄来了。"

县官一听，高兴得眉开眼笑，但他又连连用手示意朱哈说："嘘！小声点儿！我老婆就在隔壁，要是让她听见了，一定会大吵大闹，那我可就有苦头吃了。"

朱哈站起来说："哈哈，老爷，原来你也是个怕老婆的。既然是你立下的命令，对你的处罚应该加倍，快给我两头驴吧！"

比尔巴的故事

有一天，阿克巴闲来无事，就想考考比尔巴……

比尔巴是印度有名的机智人物。国王阿克巴很欣赏他，就让他做了宰相。

有一次，一个从阿拉伯来的马贩子牵着几匹马，来到王宫里。国王特别喜欢他的马，就把那几匹马全买下来了，还给了马贩子一千卢比的预定金，让他再去弄几匹好马来。但是马贩子走的时候，国王竟忘了记下他的名字和地址。过了一段时间，国王对比尔巴说："现在傻瓜真多，你去把这个城市的傻瓜登记一下吧。"比尔

144

巴满口答应了。

第二天，比尔巴把一张傻瓜名单拿到了国王面前。没想到名单上的第一个名字就是国王。国王非常生气，他大声质问比尔巴："这……这是怎么回事？"比尔巴谦恭地说："陛下，上次从阿拉伯来的那个马贩子，您连他的名字也没问，就给他一千卢比预定金，马贩子要是不带马来，您怎么办？还有比这再傻的人吗？"国王又说："如果马贩子带着马来呢？"比尔巴立即答道："那我就把您的名字换成他的名字。"

有一次，比尔巴去波斯国访问，波斯国王问比尔巴："世上有哪位国王像我一样英明呢？"比尔巴回答道："您像望日（农历十五）的月亮，谁也不可能和您相比。"波斯国王又问："阿克巴国王和我比如何呢？"比尔巴回答："他倒像初二三的月亮。"波斯国王听后非常高兴。很快，比尔巴的话传到了阿克巴国王耳朵里。比尔巴回国后，阿克巴国王带着怒气问起这件事。比尔巴谦恭地说："陛下，初二三的新月一天天长大，象征着您的事业会不断发展；而望日的月亮将一天天缩小，象征波斯国王会日益耗损。"阿克

巴国王听后满意地笑了。

　　有一次，阿克巴国王听大臣们都在纷纷议论，他们觉得比尔巴是天下最聪明的人。阿克巴很不服气，就找来比尔巴问道："你说，世界上谁的权力最大？"比尔巴马上说："国王陛下，我看权力最大的应该是小孩子。"阿克巴国王一听，生气地说："你既然说权力最大的是小孩子，那我限你三天之内给我拿来证据，不然我就要惩罚你！"比尔巴并不惊慌，他说："好的，陛下，我会向您证明的。"

　　第二天，比尔巴去拜访一个朋友，看到朋友家有个一岁左右的孩子，非常可爱，又有点调皮。于是，到了第三天，比尔巴就带着那孩子进宫了。阿克巴见到这个可爱的小孩子，非常喜欢，亲昵地把他抱在怀里。小孩竟然用手揪起了阿克巴的胡子。国王感到有点疼，对比尔巴说："你从哪里找来这个调皮的小家伙？"比尔巴笑着说："陛下，尽管您的权力很大，但是现在我可以说，这个孩子就比您的权力大，倘若不是这样，他哪敢揪您的胡子！别人为什么就没有这样的胆量呢？"

霍加·纳斯列宁的故事

"霍加从驴子上摔下来啦！"霍加听到后，拍拍身上的尘土……

　　霍加·纳斯列宁是土耳其一位有名的幽默大师。

　　平时，霍加都是骑着驴子出门，可这头驴子非常顽固，不好驯服。这头驴要是发起倔来，无论霍加用多大的力气，都不能把它转到自己想要去的那个方向。

　　要是有人问："霍加，你到哪儿去？"霍加就会回答："这得看我的驴子高兴去

哪儿。"

有一次，霍加骑着这头倔驴赶路时，驴子受了点惊吓，突然跑起来，把霍加摔在了地上。孩子们看见了，笑着叫喊道："霍加从驴子上摔下来啦！"霍加拍拍身上的尘土，毫不在意地说："唉，孩子们！要知道，如果我没摔下来，也得从驴子身上爬下来，摔下来跟爬下来，反正结果都是一样的嘛。"

霍加快要结婚了，在盖房子的时候，霍加吩咐木匠："请把做地板的木料用到天花板上去，把天花板的木料镶在地板上。"木匠不知道是怎么回事。霍加就解释说："大家都知道：一个人如果结了婚，屋子里的一切就会翻天覆地。所以我要预先采取应对措施。"

正像霍加所预料的，结婚以后，霍加的老婆经常跟他吵架，有一次他老婆一怒之下把屋里的东西摔得稀巴烂，竟惊动了四邻。有个邻居问霍加说："你的老婆失去理智了吗？"

霍加听后，托着腮沉思起来。大家问他："你在想什

么呢？"霍加风趣地回答：
"我在想：我的老婆从来都
没有头脑，她怎么会失去理
智呢？"

霍加的老婆就要生孩
子了。黎明的时候，老婆
对他说："我就要生了，你
赶紧去请人来帮忙。"霍加很高兴，很快就请来了几个女
邻居。女邻居们忙着准备这准备那，霍加就用手举蜡烛为
她们照明。

不过一切还算顺利。过了一会儿，一个男孩儿出世
了。霍加非常高兴。没想到在第一个婴儿出世后，老婆又
生出了一个男孩儿。霍加看到这种情形，叹了口气，立即
吹灭了蜡烛。

女邻居们生气地说："现在天还没有亮，在这样重要
的时刻，你怎么可以吹熄蜡烛呢？"

霍加回答："假使蜡烛一直那样点着，婴儿们看见这
儿的光亮，就都要一齐爬出来了，还不知道要爬出来多少
个呢。"

老婆和女邻居们一下子被霍加逗乐了。

一次，霍加有一个文件要签署，谁知那个官员竟是个

贪官。过了好几个月，霍加的文件也没有给签。没办法，霍加只好亲自带了一个很大的瓦罐，当作礼品给贪官送去了。贪官看这么丰厚的礼物，立刻喜笑颜开。他和蔼地同霍加交谈，并当场签署了文件。霍加把文件揣在怀里，朝贪官看了一眼，然后离开了。

霍加走后，贪官急忙打开罐子，一看是奶油。可是他刚把勺子伸进去两指深，就发现奶油下面是乌黑的泥巴。贪官很生气，他马上命令警卫去抓霍加。但是，他又想霍加肯定知道自己贪污的事情了，他怕霍加会把他的事情揭露出去，最后只好把警卫叫了回来，以后也不敢再难为霍加了。

阿布·纳瓦斯的故事

阿布·纳瓦斯灵机一动，学着公鸡打鸣上了岸……

阿布·纳瓦斯是受人爱戴的阿拉伯著名机智人物。

巴格达有一个商人，他扬言谁能在冰冷的池水里过一夜，就赏给他十个金币。一个穷老汉为了得到赏金，就进了池子。半夜时，他的儿子在池边点燃篝火，陪伴父亲。第二天，商人拒绝给穷老汉赏金，说他儿子不应该在池边点了火给他取暖。穷老汉去告状，可是国王和法官都偏袒商人。阿布·纳瓦斯便邀请国王、法官和那个商人到自己家做客。可是，大半天也不见主人端上饭菜来。国王很生气，便出去看看是怎么回事。他看到阿布·纳瓦斯在树下生了一堆火，锅却高高吊在树枝上。

　　国王惊奇地问："这么远的距离煮饭，什么时候才能把锅烧热啊？""是啊，那在池边生火，怎么会为池里的人取暖呢？"阿布·纳瓦斯回答。国王只好命令商人立即付给穷老汉十个金币的赏金。

　　一天，国王偷偷分给几位大臣每人一个鸡蛋，吩咐他们一会儿带着鸡蛋下水池。然后，他又召来阿布·纳瓦斯，说："你和他们一起潜入水池，要是谁找不到鸡蛋上来，就要受罚。"阿布·纳瓦斯潜到水池，怎么也找不到鸡蛋，却听到其他大臣纷纷说"找到鸡蛋喽"。阿布·纳瓦斯灵机一动，学着公鸡打鸣上了岸。他对国王说："带蛋上来的都是母鸡，而我是公鸡。"在场的人听了无不捧腹大笑。

佩库的故事

一天，佩库和天皇一起去打猎。国王射中了两只鸭子……

　　佩库是日本著名的机智人物，他虽然在城里做官，可是一直很清廉，家里也很清贫。

　　一天，佩库回到家，问妻子："饭做好了吗？我要饿死了。"妻子叹了口气说："唉，米缸都见底了，拿什么做饭呀？"佩库只得饿着肚子去了皇宫，他饿得难受，就捂着肚子、低着脑袋走路。天皇见到佩库的样子，感到非常奇怪，就问："佩库，你为什

么这样走路呀？"
"陛下，我的肚子饿得咕咕乱叫，所以只得捂着肚子，低着头找点吃的呀。"天皇听了，就让人拿来一包米，送给了佩库。佩库把那包米驮在马背的一边，可是马却站立不稳，倒在了地上。佩库就对天皇说："马驮一包米走不了路，要是一边放一包就好了。"天皇只好又给了佩库一包米。

一天，佩库和天皇一起去打猎。国王射中了两只鸭子，他邀请佩库晚上来吃鸭肉。晚餐的时候，天皇悄悄地吩咐仆人："给佩库盛碗萝卜，不要放鸭肉。"不料，佩库端起盛满萝卜的碗，每吃一块都说："好香的鸭肉啊！"天皇听了就在一边偷着笑。第二天一早，佩库跑来告诉天皇："我知道有个地方鸭子特别多，一箭能射中十只。"天皇听了忙带着弓箭，兴冲冲跟着佩库去了。可是到了那里，天皇才发现，那是一大片萝卜地。天皇有些纳闷，生气地问佩库："这里哪有什么鸭子呀？"佩库说："陛下，您昨晚赏我吃的鸭肉就是这个呀。"

毛拉的故事

毛拉边吃边往饼上抹蜂蜜，眼看着一罐蜂蜜就快被他吃光了……

　　毛拉·纳斯尔丁是位很有名的机智人物，在伊朗流传着很多关于他的趣味故事。

　　一天，国王写了一首颂诗，拿给毛拉看。毛拉看后摇着头说："陛下，您的诗写得既没有文采，也没有创意。"国王听后大怒，立即下令把毛拉囚禁起来，饿了他一天一夜。

　　不久，国王又写了一首颂诗，要毛拉发表评论。国王心想：这次看你还敢不敢贬低我的诗。

　　没想到毛拉看完诗，什么话也没说，站起来就要走。国王问："你到哪儿

去？"毛拉回答："陛
下，我看……我还是回
监狱去吧。"国王
听了瞪大眼睛，
却拿他没办法。

　　有一天，毛
拉到一位吝啬
的朋友家做
客。平时，
这位朋友总是到毛
拉家大吃大喝。快到中午了，主人端出了大饼、奶油和蜂
蜜。虽然这顿饭实在算不得丰盛，但毛拉早就饿得肚子咕
咕直叫了，就赶紧把奶油和蜂蜜抹在大饼上，津津有味地
吃起来。毛拉边吃边往饼上抹蜂蜜，眼看着一罐蜂蜜快
就被他吃光了。主人见了，有点坐立不安，不停地提醒毛
拉："慢点吃吧。你这样吃蜂蜜，肚子会受不了，心也会
痛的。"毛拉把最后一点蜂蜜吃完，用手抹了抹嘴巴说：
"真主才知道，到底谁的心会痛呢。"

　　一天，毛拉正在田间散步，不远处传来"哞——
哞——"的牛叫声。这时一个人不怀好意地对毛拉说：
"牛在叫你呢，快去听听，它在说些什么。"旁边几个人

一听就捂着嘴偷笑起来。毛拉装模作样地朝牛走过去。过了一会儿，毛拉慢悠悠地走了回来，严肃地告诉他们："嗯，牛确实在跟我打招呼，还问我为什么要跟几头野驴说话。"

一次，毛拉去澡堂洗澡。招待员态度很冷漠。临走时，毛拉掏出十个第纳尔的小费。招待员连忙表示感谢。过了一个星期，毛拉又去洗澡。这次可忙坏了招待员，他又是递毛巾，又是点烟送茶，照顾得无微不至。临走时，毛拉却只给了招待员一个第纳尔的小费。招待员十分恼火，就问毛拉："上次你给了许多小费，这次怎么就给这么点儿？""道理很简单。"毛拉说，"我上次给的是这次的小费，这次给的是上次的小费。难道我做错了吗？"

有一天，毛拉去集市买毛驴。卖驴的地方挤满了农民。有个衣冠楚楚的富人经过这里，轻蔑地说道："哎呀，瞧瞧这地方可真拥挤，除了农民，就是毛驴。"

旁边的几位农民听了都很生气。这时毛拉走上前去，一本正经地问那人："请问，这位先生，您准是位农民了？"那人高傲地昂着头，撇撇嘴说："哼！难道你看不出来吗？我可是堂堂的贵族，怎么会是个农民呢！"毛拉狡黠地一笑，看了看围观的人说："如果我没听错的话，您好像说这里除了农民就是毛驴，既然您不是农民，那么，您又是什么呢？"

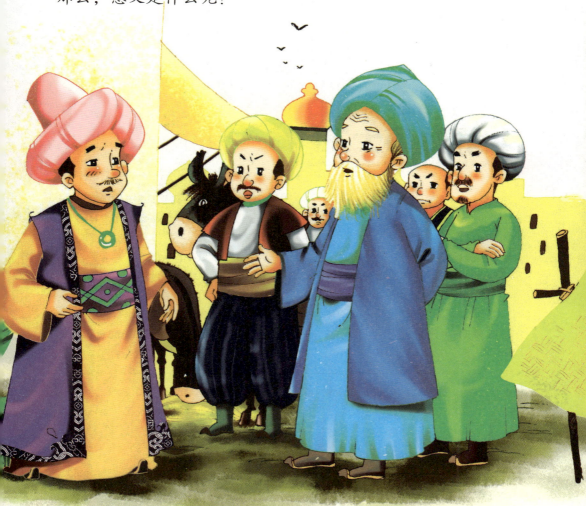

图书在版编目（CIP）数据

世界故事大王／龚勋主编．一汕头：汕头大学出
版社，2012.1（2021.6重印）
（一生必读经典）
ISBN 978−7−5658−0522−6

Ⅰ．①世… Ⅱ．①龚… Ⅲ．①儿童文学−故事−作品
集−世界 Ⅳ．①I18

中国版本图书馆CIP数据核字（2012）第003551号

|一生必读经典|

世界故事大王

YISHENG BIDU JINGDIAN SHIJIE GUSHI DAWANG

总 策 划	邢 涛	印　刷	唐山楠萍印务有限公司
主　　编	龚 勋	开　本	705mm×960mm　1/16
责任编辑	胡开祥	印　张	10
责任技编	黄东生	字　数	150千字
出版发行	汕头大学出版社	版　次	2012年1月第1版
	广东省汕头市大学路243号	印　次	2021年6月第7次印刷
	汕头大学校园内	定　价	37.00元
邮政编码	515063	书　号	ISBN 978-7-5658-0522-6
电　话	0754-82904613		